藤村 猛

宮本輝作品研究

―その出発と展開―

溪水社

序　——宮本輝の初期作品について——

宮本輝（1947〜）は、1977年（昭和52年）に「泥の河」（太宰治賞）を、翌年には「螢川」（芥川賞）を発表して、文壇にデビューした。その後、肺結核による入院（1979・1〜5）で、執筆は一時中断されたが、退院後多くの作品を書き続け、現在も盛んに執筆している作家である。

本書では、彼の文学活動の出発を告げた「川三部作」（「泥の河」・「螢川」・「道頓堀川」）から、「錦繡」（1981・12）あたりまでを初期作品として、即ち、1977年から1981年頃までに発表された作品を考察の対象として[1]、「泥の河」や「螢川」で追求されたもの—生や死など—が、その後どのように展開し、「錦繡」へとつながっていくかを考察する。

初期作品を見てみると、次のような特徴があることが分かる。

一つ目は、「螢川」の芥川賞選者たちの批判[2]にあるように、作品には優れた叙情性があるものの、「古風」という感じがある。この古さの指摘は、「現代」を描いていないという点ではその通りだし、「螢川」以外の作品にも言い得るだろう。例えば、作品発表時と作中の現在時間に差がある作品として、「泥の河」（昭和30年—昭和52年）、「螢川」（昭和37年—昭和52年）などがあり、また、回想シーンが多い、即ち、過去を語る作品として、「幻の光」、「こうもり」、「西瓜トラック」、「トマトの話」、「錦繡」、「力」などがある。しかし、作品に過去が描かれたとしても、（宮本自身も反論しているように）、「人間の生」や、それに付随する「死」や「性」の追求は、本来、時間を越えたものである。つまり、宮本文学には時間を超えて追求されるテーマ—生や死—が存在しているのである。

次の特徴として、作品中の「悪」の不在がある。悪事や悪人ぬきでも小説たり得るが、現実の社会や人生には様々な悪が存在している。初期作品では、悪はあまり描かれていない[3]と言ってよく、死や性が悪の一端を担っている程度である。しかも、作中の死の多くは病死や事故死（戦死）であり、また、性についても、反道徳的な悪に属するようなものはあまりなく、どこか抑制されており、赤裸々な性が描かれるのは「道頓堀川」や「西瓜トラック」くらいである。

三番目の特徴として、主人公（または語り手）たちの多くは普通の市井の人々や少年たちであり、脇役にユニークな人物が多いことである。そして、両者の絡み合いによって、主人公たちは新しい世界に出会い、作品世界に奥行きをもたらしている。換言すれば、人物造形や組み合わせのうまさが、作品にはある。作品としては、「こうもり」（「私」とランドウ）、「西瓜トラック」（「ぼく」と西瓜売りの青年）、「小旗」（「ぼく」と旗を振る青年）、「五千回の生死」（「俺」と自転車の男）などである。

四番目の特徴として、情景描写のうまさ[4]である。例えば、「泥の河」や「蛍川」に描かれた夜の舟や蛍の乱舞などの情景描写は、象徴や美しい「幻想」にまで高まっていて、かつ、それらに死の影が揺曳して、主人公たちの世界を深めている。（「夜桜」・「幻の光」なども同様であり、「こうもり」や「トマトの話」もそれほど成功していないが、作中の空想は印象的である。）

五番目の特徴として、作品中の言説の分かりやすさである。あるインタビュー[5]で、宮本は次のように言う。

> 本当にわかったら、どんな難しいことでも、それを簡単に、わかりやすく説明することができるって。（中略）それで僕は『泥の河』という小説を、辞書を引かなければ意味がわからんというような熟語は使わないで、極力、作家に

よる説明はしない……ということを己に課してね、どこまで書けるかというのに挑戦したんですよ。

事実、「泥の河」や「蛍川」では、草稿の欠点を他者に指摘され、何度も書き直している。また、彼は「今、三〇枚で書けるものを三〇〇枚で書いてるもの、みんなね。逆やな、三〇〇枚で書くものを三〇枚に凝縮した時にすばらしいものができるんや。」とも言う。「凝縮」への意思によって、創作への姿勢や覚悟か分かるし、作品に冗漫な表現が少ないことに通じていよう。

六番目の特徴として、（主人公たちの）語りのうまさがある。例えば、方言（大阪弁）を使用した「五千回の生死」や「トマトの話」など、作品に臨場感やテンポの良さ、そして、時にはユーモアをもたらしている。

以上の特徴を含めて、各作品を考察し、初期作品の持つ良さや魅力を明らかにする。ただし、各作品を発表順に考察するのではなく、川三部作のあとは、作品を四つに分けて[6]、①「女」を中心とする作品群、②死から生へと向かう作品群、③「女」＋生死を描いた作品群、④②とは違う死を描いた作品群、として考察する。具体的には、①「夜桜」・「こうもり」・「西瓜トラック」、②「不良馬場」・「星々の悲しみ」・「北病棟」・「小旗」・「五千回の生死」、③「幻の光」・「錦繍」、④「寝台車」・「トマトの話」・「力」である。

また、以上の考察とは別に、初期作品中の「死」や女性たち（恋愛）が、いかに描かれていくかを考察して、死や女性の作中での役割やそれらの推移を明らかにして、それまでの考察の補完とする。

最後に、初期作品の特徴や良さ、そして、魅力を、以降の作品と比較して、簡単にまとめる。

注

（1）本書で考察する各作品の初出は、次のとおりである。（記載は、作品の発表順）

「泥の河」（『文芸展望』１９７７・７）
「蛍川」（『文芸展望』１９７７・10）
「道頓堀川」（『文芸展望』１９７８・４）―後に大幅に加筆改稿―
「夜桜」（『文學界』１９７８・４）
「幻の光」（『新潮』１９７８・８）
「こうもり」（『オール讀物』１９７８・12）
「寝台車」（『野性時代』１９７９・１）
「不良馬場」（『文學界』１９７９・11）
「西瓜トラック」（『オール讀物』１９８０・８）
「星々の悲しみ」（『別冊小説新潮』秋季号１９８０・10）
「北病棟」（『野性時代』１９８１・１）
「小旗」（『世界』１９８１・１）
「トマトの話」（『文學界』１９８１・11）
「錦繡」（『新潮』１９８１・12）
「力」（『文學界』１９８３・11）
「五千回の生死」（『文藝』１９８４・１）

「力」と「五千回の生死」は、「錦繡」からいささか時間が経過しているが、テーマ的につながっているので、考察の対象とする。また、この時期の作品として他に、「火」（１９８０・１）・「蝶」（１９８０・11）・「眉墨」（１９８１・８）などがあるが、作品の完成度の低さやテーマの弱さなどで割愛する。

（2）詳細は、二章「蛍川」を参照されたい。

（3）これは宮本自身も自覚している。高山直子氏との対談で、宮本は次のように言う。

高山「本当に悪人が出てこない文学ですよね。弱い人とか愚かな人は出てきても……。」

宮本「たぶんぼくがそうなんじゃないですか。弱くて、愚かで、いい人なんですよ、きっと。(笑)」

(『宮本輝　対談集道行く人たちと』文春文庫　１９８８・８)

しかし、悪の不在は、作品によっては善人のみの登場となり、作品世界が狭まる危険性がある。永吉雅夫氏は、「幻の光」の頃の宮本輝の作品を、「ドラマの過程と表現したストーリーの展開は、ある種の図式化・パターン化に陥る危険性をはらんでいる」として、「一種の予定調和」を指摘している。

初期作品には時として、悪の不在や現実の美化による作品の甘さが感じられる。例えば、『蛍川』には善人しか登場せずに、「予定調和」の傾向が感じられる。

(永吉雅夫「『幻の光』から宮本輝論へ―従属的悲劇の主題化―」「追手門学院大学国際教養学部紀要」３　２００９・１)

(４)それは対象が美しいだけでなく、宮本の創作方法にもよろう。彼はあるインタビューで、次のように言っている。

そやけど、振り返って考えてみると、例えば最初の『泥の河』にしても、『蛍川』にしても、『幻の光』に関しても、全部やっぱり、一つの風景からでき上がってきてる。『錦繍』もそうでしょ？　そういう作品の方がはるかに多いですね。

一つの風景が作家の中で発酵していき、やがて作品世界を形作っていく。つまり、作家の「思い」が、対象を得て発動・熟成したときにいい作品になり、そうでないときは失敗作になるのかもしれない。初期作品の多くは、情景描写に成功している。ただし、「泥の河」の火がついた蟹の描写が虚構のように、現実を離れる場合がある。

(「宮本輝の『書く』ということ」『宮本輝の本―記憶の森―』宝島社　２００５・４)

(５)(４)による。

(６)この分類や順序は大雑把なものであって、作品によっては他の分類にも重なる。分類の目的は、初期作品を「死」や「生(性)」、および「恋愛」という面から考察するためである。

目次

序　―宮本輝の初期作品について― i
一　「泥の河」 3
二　「蛍川」 13
三　「道頓堀川」 26
四　「夜桜」 34
五　「こうもり」 43
六　「西瓜トラック」 53
七　「不良馬場」 62
八　「星々の悲しみ」 71
九　「北病棟」 79
十　「小旗」 89
十一　「五千回の生死」 98
十二　「幻の光」 108

十三　「錦繍」……117
十四　「寝台車」……127
十五　「トマトの話」……134
十六　「力」……143
十七　初期作品と「死」……150
十八　女性たちと恋愛……161
十九　まとめ……176

初出論文……181
あとがき……183

宮本輝作品研究―その出発と展開―

一　「泥の河」

一　はじめに

「泥の河」（『文芸展望』１９７７・７）は、昭和三十年夏の大阪の安治川のほとりに生きる人々を描いている。主人公は小学校二年生の板倉信雄で、彼の家は小さなうどん屋（「やなぎ屋」）を営んでいる。他の登場人物も貧しい人々であり、特に、信雄の友だち・喜一一家は廓舟に住み、母親の売春によって生計を立てている。信雄と喜一たちとの交流が、この作品の中心である。

作中で、信雄は喜一や銀子たちによって、種々の体験―「性」や「死」の体験―をしていく。石田仁志氏が言うように、この作品は「死と性の物語」[1]と捉えることができ、「死」と「性」が重みを持っている。例えば、蟹に火付けする喜一の行為は、一種の死の儀式とも言えるし、喜一の母には性と死のイメージが強い。

また、信雄が八歳の少年であること―山本欽司氏の言う「八歳の信雄の限界」[2]―が、作品の読みを曖昧にさせている。つまり、信雄が子供で「性的な欲望を自覚し得ない」ため、心情描写に不鮮明な部分がある。対して、信雄たちの前に突然現れ、去っていく喜一一家は、自分たちの社会的立場を知っていて、喜一は信雄よりも大人びている。

ただ、信雄と絡む女性たち、即ち銀子とその母の捉え方に幅があり、二瓶浩明氏は銀子が「〈小さい娼婦〉として造型」[3]されているとし、酒井英行氏は銀子の母を「母性と〈娼婦性〉を止揚した・女菩薩のイメージ」[4]として捉えている。確かに、彼女らにそういう面はあるものの、全体としてそう言えるかは疑問である。
本章では、信雄に「性」を感じさせる喜一の母と銀子を見ていき、死と性（生）が展開する天神祭の夜の出来事を考える。次に、別れの場面（お化け鯉を含む）で、呼びかける者（信雄）と沈黙する者（喜一一家）の両存在をおさえ、客人たる喜一たちが信雄に何を与えたかなどを考え、作品の特徴をまとめる。

二　舟の家と喜一の母

喜一たち一家は信雄たちの前に、舟に乗って突然現れる。信雄は喜一たちの舟に対して、次のように感じる。

信雄はしげしげと舟の家を見た。廃船を改造して屋根をつけたものらしい。舟には入口が二つあり、そのどちらにも長い板が渡されていた。人の気配はなかった。というより、人を寄せつけない寂しさが漂っているのを、信雄は子供心にも感じ取っていた。（23[5]）

信雄は、喜一たちの舟に「人を寄せつけない寂しさ」を感じるが、喜一と銀子は訪れた信雄を歓迎する。だが、喜一の母は信雄の訪問に対して、次のように言う。

「あんまりよその子、連れて来なや」（中略）
「うちらの子ォとつきおうたりしたら、家の人に叱られまっせ」（28）

喜一の母は、自分たちに対する人々の蔑みを知っている。が、友だちのいない喜一のことを考えて、信雄を黒砂糖でもてなす。
信雄は喜一の母に牽きつけられ、彼女は次のように映る。

櫛目のきれいに通った艶やかな髪の毛をぎゅっとうしろにひっつめた、貞子よりもずっと若い女が、畳んで重ねあげ

た蒲団に凭れかかって信雄を見つめていた。(45)

信雄は、母親のこめかみにへばりついたほつれ毛の中から、一筋の汗が伝い落ちていくさまに心を奪われた。青白い化粧気のない顔は、信雄には美しいものに映った。

細長い首や白蝋のような胸元にも、うっすら汗が噴き出ている。(47)

彼女は「美しいもの」であり、女の匂いで「なまめい」(47)ている。その後の「ほとんどまいにちのような」信雄の訪問は、「喜一や銀子と遊ぶためではなく、青白い痩身を汗で湿らせた母親の傍に行きたいからであった」(51)と説明される。だが、信雄自身「そんな自分の心の動きすら気づいていなかった」(51)と、彼は性的なものに無自覚とされる。後述する銀子の好意に「顔を赤らめ」(26)るような気の細やかな、そして、孤独なイメージ[6]が彼にはある。

以上のように、喜一の母は、信雄に「女」として感じられるが、「母」としても信雄に対している。「おばちゃんもなあ、あんたとこみたいなお店が持ちたかったけど……、いつのまにやら、体動かして働くのんが、しんどうなってしもた」(46)との彼女の詠嘆には、現在の生活への後悔の念と諦めがある。夫を戦争による負傷で亡くして、彼女は銀子たちを育ててきた。彼女の売春も仕方がなかったのかもしれない。

三　銀子

喜一の母とともに、信雄に影響を与えるのが銀子である。信雄が初めて舟の家を訪れたとき、銀子は信雄の汚れた足を洗うため、自分たちの飲み水を使う。彼女は精一杯、弟の友だちを歓待する。

少女が信雄の足の指をそっと開き、ちろちろ水を注いだ。ここちよかった。信雄は、こそばい、こそばいと大袈裟に身を捩ってみせた。そしてそのたびに笑い返してくる少女の顔を何度も横目で盗み見た。

「さあ、きれいになったで」

少女は粗末な服の裾で信雄の足を拭いて言った。

「信雄ちゃんの睫、長いなァ……」

信雄は顔を赤らめて、

「僕、のぶちゃんや」

とつぶやいた。(26)


信雄は一人っ子で姉はいない。銀子の好意を喜ぶとともに、年上の少女のセリフに思わず顔を赤らめる。ここには、そこはかとない性的快感があろう。こういった面から、二瓶浩明氏は、銀子が「〈小さい娼婦〉として造型[7]」されていると指摘したのだろうが、他の場面には彼女のいじらしさや優しさの表現があり、娼婦としての造形には疑問がある。

次の引用は、銀子が米櫃に手を入れて、うっとりしている場面である。


「うちは温(ぬく)いわ」

銀子は両手を埋めたままじっとしていた。

「お米がいっぱい詰まってる米櫃に手ェ入れて温もってるときが、いちばんしあわせや。……うちのお母ちゃん、そない言うてたわ」(58)

ここに銀子の素直さとともに、生きる哀しみが表れている。信雄は銀子を見つめる。

母親とは全く違う二重の丸い目を見つめて、信雄は、近所に住むどの女の子よりも銀子は美しいと思った。信雄は銀子に体を寄せた。あの母親とよく似た匂いが、銀子の体からも漂ってきそうな気がしたのだった。(58)

信雄は、「……僕、また足汚れてしもた」と銀子に告げる。そこに性的欲望もあるかもしれないが、銀子の美しさと哀しみを察し、信雄は寄り添いたいと思ったのだろう。

四　天神祭の夜—燃える蟹—

この作品のクライマックスは、天神祭の夜の出来事である。信雄と喜一は天神祭に出かける。ところが、喜一が祭り用に貰った金を落とし、おもちゃのロケットを万引きをして、信雄に泥棒と罵られ泣き出す。彼は信雄の機嫌を取るため、「僕の宝」(65)—蟹の巣—を見せると言い、「夜はあの家に行ってはいけない」との父の言葉に背いて、信雄は「蟹の巣を見たいという誘惑」(65)から、舟の家に行く。

舟に着き、喜一は浅瀬に立てていた竹箒を引き抜き揺すると、「水滴と一緒に数匹の川蟹がこぼれ落ちて」(65)くる。蟹は次から次へと這い出てきて、舟の中に入り、畳の上を這う。その結果、

舟の中の、ありとあらゆるところから、蟹の這う音が聞こえてきた。それはベニヤ板の向こうからも聞こえていた。花火が夜空にあがっていく音にも似ていたし、誰かが啜り泣いているような音にも思えた。(66)

信雄は恐くなり、帰ろうとする。が、喜一は「帰らんとき、おもしろいこと教えたるさかい」と言い、「信雄の肩を押さえ」(66)る。この行為に、普段の彼とは違うものが感じられる。続いて、蟹に油を呑ませ、火をつける。

幾つかの青い火の塊が舟べりに散った。

動かずに燃え尽きていく蟹もあれば、火柱をあげて這い廻る蟹もいた。悪臭を孕んだ青い小さな焔が、何やら奇怪な音をたてて蟹の体から放たれていた。燃え尽きるとき、細かい火花が蟹の中から弾け飛んだ。(67)

これは現実にはあり得ない現象だが、幻想的な場面である。喜一は「きれいやろ」と言うが、信雄は「恐ろしさ」から膝が震える。

信雄は子供心にも、喜一の異常に気づいた。目の中に燃えている蟹があった。(67)

「きっちゃん、もうやめとこ！」「危ないでェ。なあ、きっちゃん、火事になるでェ」と言うが、喜一は聞かない。眠っていた銀子も「ゆっくり起きあが」り、「燃えている蟹の足をそう慌てるでもなくつまみあげると、ひとつひとつ川に投げ捨ててい」(67)く。

信雄は燃える蟹を追って、母親の部屋の傍まで行き、「何気なく」窓から室内を覗き込む。

五　天神祭の夜―喜一の母と信雄―

闇の底に母親の顔があった。青い斑状の焔に覆われた人間の背中が、その母親の上で波打っていた。虚ろな対岸の明かりが、光と影の縞模様を部屋中に張りめぐらせている。信雄は目を凝らして、母親の顔を見つめた。糸のように細い目が、まばたきもせず信雄を見つめ返していた。青い斑状の焔は、かすかな呻き声を洩らしながら、さらに烈しく波打っていた。(68)

彼女は男と抱き合い、闇の底から「糸のように細い目が、まばたきもせず信雄を見つめ返し」ていた。男女の姿が、「青い焔」として幻想的に表現され、暗の中に蠢くイメージ―その底には、「死」が揺曳していよう[8]―がある。石田仁志氏も言うように、「この顔は私には酒井氏が言うような『女菩薩のイメージ』では捉えられない。むしろ、闇の底から浮かび上がる死者の顔[9]」に近い。しかし、それは表情を失った死者の顔ではない。「まばたきもせず」「見つめ返」す力が、彼女にはある。この時、彼女は如何なる思いで、信雄を見つめたのか。

前出の彼女の感慨―「おばちゃんもなあ、あんたとこみたいなお店が持ちたかったけど……、いつのまにやら、体動かして働くのんが、しんどうなってしもた」(46)―を考えると、彼女は子供を育てるために、売春せざるを得なかったのだろう。自分の人生への哀しみと怒りが感じられる。

信雄は、「全身がざあっと粟立」ち、「舟べりをあとずさりして戻ってい」(68)く。彼は、恐れとともに哀しみを感じている。そして、「姉弟の部屋に降りた途端」、「銀子と喜一の姿を捜しながら、河畔に響き渡るような声で泣」く。

これ以前に信雄が泣くのは、いじめっ子の豊田兄弟に喜一が罵られ、鳩の雛を取られまいとして、兄弟に乱暴されたときである。そのとき、「正体不明の、それでいて身の置きどころがないような深い哀しみが、信雄の中を走り抜けていった」(50)のである。同じく、天神祭の夜も、「性」(と「死」)に直面した衝撃が、「深い哀しみ」となったのであろう。

六　別れ

だが、信雄の大声で泣くことは、喜一たちを傷つける。姉弟は「部屋の隅に立ちつくして」、彼を「じっと見おろ」(68)す。彼らは、その原因が自分たちの母にあると知っている。

この事件の後、彼らは信雄との接触を断ち、信雄も舟の家を訪れない。が、信雄一家の新潟行きが決まり、信雄は別れを告げに舟の家を訪れる。だが、

母親の細い目と、その上に群がっていた青い焔が、信雄の中にたちまち甦ってきて、彼は細道を降りることができなかった。信雄は幾つかの小石を、舟の屋根に投げつけた。喜一が顔を覗かせたら、知らぬふりをして欄干に凭れてい

るつもりだった。そうすれば、あの夜大声で泣いてしまった自分を、喜一は許してくれるかも知れなかった。(69)

しかし、喜一たちは姿を見せず、やなぎ食堂閉店の前日には、舟の家はポンポン船に引かれ、川上に去ろうとする。

信雄は、貞子の「のぶちゃん、行かんでもええんか?」、「もう二度と逢うこともないんやでェ」との言葉で、走り出す。彼は「走っていると、急に切ない、物哀しい気持ちになって」(71)、舟に向かって「きっちゃん、きっちゃん」と何度も呼びかけるが、「舟の母子は応え」(71) ない。

そのとき、信雄は舟の後に巨大な鯉を発見する。喜一と初めて会ったときに出現した鯉—「信雄の身の丈ほどもあ」る、「鱗の一枚一枚が淡い紅色の線でふちどられ、丸く太った体の底から、何やら妖しい光を放っている」(19) 鯉—である。

「お化けや。きっちゃん、お化け鯉や!」

信雄は必死に叫んだ。(72)

彼はお化け鯉の出現を、自分たちの新潟行きよりも、喜一に知らせたかった。彼は「半泣きになって熱い日差しの中を走りつづけ」るが、「舟の家は窓を閉めきって、あたかも無人舟のような静けさ」であった。彼は沈黙する喜一たちに呼びかけ続け、「足を踏み入れたことのない他所の街」に到り、最後の声をかける。

「きっちゃん、お化けや。ほんまにお化けがうしろにいてるんやでェ」

信雄は、最後にもう一度声をふりしぼって叫び、そこでとうとう追うのをやめた。

熱い欄干の上に手を置いて、曳かれていく舟の家と、そのあとにぴったりくっついたまま泥まみれの河を悠揚と泳いでいくお化け鯉を見ていた。(73)

こうして信雄と喜一たちは別れ、作品も終了する。

七　お化け鯉と死・贈り物

このお化け鯉とは何か。信雄の言（妄想）によれば、沙蚕採りの老人は鯉に食べられている。同じように、鯉は喜一たちの死を待っているのか。だが、「泥まみれの河を悠揚と泳いでいく」という表現は、鯉をマイナスではなく、プラスのイメージのものとして表していて、多くの研究者が言うように[10]、お化け鯉は単なる巨大な鯉ではなく、時や人間を超えた存在であろう。

対して、人間である信雄一家は新しい人生（地）を求めて、新潟へと旅立つ。もう一方の喜一たちは信雄の呼びかけに沈黙していて、あたかも〈河〉に閉じ込められていて、生者よりも死者の側に属している感がある。石田仁志氏の言うように、喜一一家の「先にあるのは『虚』の世界、〈死〉の世界[11]」だとは言い切れないとしても、彼らには死のイメージが漂っている。（最終場面以前でも、蟹に火をつける喜一の狂気、銀子の痩身、母親の醸す死の匂いなど、死のイメージがある。）

そして、信雄側から言えば、喜一たちは人生の一場面で遭遇した存在である。彼らは一様に優しいが、喜一による蟹の点火や喜一の母の売春のように、生者の営みというよりは、死や性の〈祭り〉であり、彼らの対応（優しさ）には、死者からの生者への贈り物の感がある。

生者が〈性（死）の世界〉に触れ、別れていく。そして、生者は死者に呼びかけるが、死者は沈黙したままである。それは静かな愛情とともに、哀しみを生者に呼び起こさせる。

生と死が近づき交錯する、そこに「泥の河」の世界はある。つまり、性の介在する「生死」が交錯する、静かな愛情と悲しみを湛えた世界が描かれているのである。

注

（1）（9）（11）石田仁志「宮本輝『泥の河』論―〈死〉と〈性〉の物語」（『文学論藻』74　2000・3）

（2）山本欣司「『泥の河』論―小栗康平の世界へ―」（『弘前大学教育学部紀要』101　2009・3）

（3）（7）二瓶浩明『宮本輝　宿命のカタルシス』（エディトリアルデザイン研究所　1998・7）

（4）酒井英行『宮本輝論』（翰林書房　1998・9）

（5）本文の引用は、『宮本輝全集』1（新潮社　1992・4）による。（　）内の数字は全集のページ数である。

（6）天神祭の夜の後、喜一と気まずくなった信雄は、「一人で恵比寿神社の境内で遊んだり、二階の座敷から河畔をぼんやり眺めたりして日を過ごした」（69）とある。また、作中には喜一以外の友達は登場しない。

（8）「泥の河」の原型とも言える「舟の家」では、天神祭の夜に喜一が舟に放火して、銀子と母が死ぬ設定になっていた。「泥の河」では変更されるが、原型「舟の家」の存在を考えると、この場面に、死の雰囲気が揺曳しているのは不思議ではないだろう。「泥の河」と「舟の家」の関係については、酒井英行『宮本輝論』（翰林書房1998・9）に詳しく論じられている。参照されたい。

（10）お化け鯉については、様々に論じられている。二瓶浩明氏は「お化け鯉は、貧しさや自堕落さ、死や宿命を暗示しているものであろう」とし、愛川弘文氏は「人智人力の及び得ない運命の怪物」の象徴的具象としている。酒井英行氏は「喜一たち親子が逃れようとしても逃れられないもの、振り払おうとしても振り払えないものの象徴が『お化け鯉』なのである。それは、多かれ少なかれ、〈泥の河〉の周辺の人々とて背負わなければならない生の辛さ、生の暗さである。」とする。いずれもお化け鯉の特性―人間を超えた存在―を表していよう。（愛川弘文「物語作家としての宮本輝―「泥の河」を中心として―」『昭和文学研究』15　1987・7）

二「蛍川」

一　はじめに

宮本輝が「蛍川」（『文芸展望』１９７７・10）で芥川賞を受賞したのは、昭和五十三年であった。選考委員の選評には「蛍川」の持つ叙情性と「古さ」の指摘があった。前者は「はじめから一種の叙情性がみなぎっていて、それが結末の川の蛍の描写で頂点に達します。」[1]（中村光夫）という一文に、後者は「何処といって新しさがあるわけでもなく、感受性の若わかしさが感じられるのでもない。」[2]（安岡章太郎）との如き批判に代表される。

前者はともかくとして、後者の批判に対して宮本輝は、「もう一度『蛍川』を読み返してみて、これはこれでなかなか新しい小説ではないかと臆面もなく自惚れてしまいました。」[3]（「受賞のことば」）と反論する。この点については、鎌田均氏も言うように、この作品は「生まれるということ、生きるということ、しあわせになるということ、そして死ぬということ。人間におけるこの最大の難問を現代という時代に突きつけ[4]」ているとする。そういう点を重視すれば、作品に古さも新しさもないが、作品中の時間―昭和三十七年―は発表時から十五年も前であり、（発表時の）時代や事象を描いたとは言い難く、その点が、「古さ」という言及になったのだろう。

「蛍川」は、中学二年生の竜夫とその母・千代を中心とする物語であり、二人以外に竜夫の父・重竜や友人・関根圭太、そして恋人・英子が登場する。関根圭太を除けば、二組の男女―千代と重竜・竜夫と英子―の物語とも見なせるし、英子も除けば、父・母・子という家族の物語とも言える。

これは作品の成立状況とも絡む問題であり、渡辺善雄氏の言うように、「蛍川」の初稿は、「思春期の性のめざめと父殺しが結合した、異常な少年の物語[5]」であった。が、その後、「さらりとしたものに改められ、竜夫の異常な感覚も消され」、「重竜と千代を中心とした大人の物語が加わ[6]」った。つまり、「異常な少年の物語」から「さらりとした」少年の物語になり、かつ、「大人の物語」が加わったのが、現在の「蛍川」である。

作品は、昭和三十七年三月から六月までの出来事―重竜の病気や死、関根の事故死や英子たちとの蛍狩りなど―に、千代の回想―千代の最初の結婚や、戦後の重竜との出会いなど―が挿入され、北陸の自然や風土が人々の哀歓を鮮やかに彩っている。

酒井英行氏は、この作品の「大きなテーマは、人生の重み、哀しみを内包しつつ生きる人間たちの〈人間愛〉である[7]」とし、安藤始氏は「母と子の双方から見た死と別離を中心とした宿命の物語[8]」とする。また、渡辺善雄氏は「『雪』『桜』『蛍』の三章から成り、早春から初夏へ季節のうつろいとともに生と性と死のドラマが展開する[9]」とする。

「人間愛」・「宿命の物語」・「生と性と死のドラマ」、いずれも作品の特徴を示しているが、それらがどう絡み合うかも重要である。大雑把に言えば、作品には親子や男女の愛が描かれ、それらが死や別離によって深まり、そして、蛍たちとの遭遇で、主人公たちに宿命として感知されていく。

また、作品の構成を見れば、安藤始氏の言うように、作品の章題―「雪」・「桜」・「蛍」―の「三つの名称が、母と子の内に生じる変化の代名詞になってい」るし、「この小説の狂言回しの役にもなってい[10]」る。ただし、この作品で描かれる美は単純なものではない。その典型が、最終場面に登場する蛍である。蛍の群舞は美であるとともに、不気味さや死をも内包している。

本章では、作品中の時間の流れの特色をおさえ、竜夫と千代の心情や生き方を、そして、作中で生や死がどのように描かれるのか。特に、作品最終場面の蛍の大群との遭遇に注目して考える。

二　時間の流れ―過去と現在―

作品は、千代たちの回想や自然描写、そして、小道具による場面転換により進展していく。まずは、時間（場所）の転変が分かりやすい二章「桜」から見ていく。

二章は、重竜の病気によって竜夫たちが生活に困り、竜夫が父の旧友・大森を訪ね、無利子・無期限の借金に成功する場面から始まる。続いて、場面は息子を心配する千代に変わる。彼女は、市電で重竜の入院していた病院に向かっていたが、途中下車して、お城の石垣で「三十前後の和服の女」（105）を見かける。男を待つ女の姿が千代に、「十五年前の冬」の「富山駅の待合室で重竜を待っていた」ことを、そして、女の羽織の水仙の絵柄から、重竜と行った越前岬を連想させる。

その後、女の「子供が熱を出して…」（107）という言葉と赤ん坊の泣き声から、十五年前の夜汽車の赤ん坊の泣き声を経て、重竜との越前行きが回想される。

それが終わると現在（昭和三十七年）に戻り、千代は市電の停留所に急ぐ。すると、「さっきの女も男と一緒に走ってきてい」て、「千代の横に並」（111）び、二人の姿がまたもや、過去の自分たちの姿を連想させる。

以上のように、偶然が続くものの、過去と現在が連鎖的に描かれている。

一章「雪」でも回想や小道具を使い、現在と過去が交差しつつ進行する。市電で病院に向かう千代の前に、行商人の老婆が現れ、「老婆のゴム長にへばりついている鱗」（88）の光から、十五年前の夜汽車内の「行商人風の女のゴム長」の「鱗の光」が連想され、「重竜の子を宿したその夜の寒々とした暗闇に繋がっていく光」（88）となる。

同じく、大森の見せる「セピア色の写真」（四十八年前の重竜と大森の写真）は、竜夫に、若かった父が「自分とよく似た顔立ちであった」（104）のを知らせ、関根が盗んだ英子の写真も、関根と竜夫、そして、竜夫と英子を結びつける働きがある。

三　千代と重竜の物語―結婚まで―

前述したように、「蛍川」は、千代と重竜の物語と竜夫と英子の物語と見なせる。まずは、千代と重竜を見ていく。

千代は、最初の結婚相手を酒乱故に離縁した後、「北陸道でにわかに名を知られ始めた水島重竜と知り合」（90）い、恋愛関係になり、福井・越前岬へと旅行する。

福井で泊まった夜、重竜は芸者を呼び、盲目の芸者の烈しく弾く三味線を聞く。

> いつしか千代は盲目の女の奏でる暗く力強い音調の中にひき込まれていった。重竜も千代の足首を握ったまま、女の撥さばきに視線を投げていた。（中略）
> 一滴だと透明なのに、むつみ合うと鉛色になる―盲目の女の手首の一振り一振りは、越前の海の雫に似て、この肌寒い部屋の空気をいっそう暗い冷たいものに変えていった。（109）

三味線の音色を通じて、部屋の空気は、「いっそう暗い冷たいもの」に変わる。ここには、男女関係の複雑さが投影されていよう。

三味線の音は、翌日二人が行った越前岬でも、海鳴りとともに聞こえる。

濤声の中から、千代は三味線の響きを聞いた。海鳴りかと聞き耳を立ててみた。波に向かって切り込む風が、偶然に作り出す擬音なのか……

三味線の音が聞こえると重竜に言うと、

「おう、確かに聞こえるのお……」

と重竜も言った。(110)

その後、千代は竜夫を身ごもる。重竜は、長年連れ添って来た妻(春枝)に大金を渡して離縁し、千代と結婚しようとする。そんな重竜に対して、千代は「一種の恐ろしさに似たもの」を感じるが、折りにふれ、あの越前岬での会話や、「越前の荒海と逆巻く牡丹雪の中から漂うかすかな三味線の音を、互いの耳が聞きとっていたことを思」(111)い、重竜に愛情を持ち続ける。

三味線の音は蛍の群舞の場面でも登場するが、二人の絆(愛や性)を表していよう。

四 千代と重竜―結婚と重竜の死―

その後二人は一緒に暮らし始め、ある朝、重竜は悪阻で苦しむ千代を見る。

悪阻がきつうてきつうて、痩せて小そうなった千代の体が、気味悪うに蒼光りしとるがや。しゃがんで川の中に吐いとる千代を、わしは長いこと見とった。(81)

女の体が光ることは現実にはなく、それは川の光の反射によろう。酒井英行氏は、「川岸で点滅する千代、それはまさに蛍と言う他あるまい。民話風に言えば、蛍女、千代は蛍の化身である。産む性としての千代は、喜びと哀しみを背負った蛍なのである。」[12]とする。これは作品最終場面で、蛍と一体化した英子と照応していようが、問題は悪阻で吐く千代のイメージ―「気味悪うに蒼光りしとる」―であり、重竜の回想―「そのとき、わしはまた自分の本心がわからんようになったがや」（82）―である。それは、蛍狩りのときに、成熟していく英子を見る千代の次の感情に近いだろう。

楽しそうに銀蔵に問いかけている英子のすっかり娘らしくなった胸や腰を見ていると、千代はそこに何かしら恐ろしいものを嗅ぐような気がして目をそらしてしまった。（139）

この「何かしら恐ろしいものを嗅ぐような気」が、重竜もしたのではないか。生命を産み出す女の性には、負のイメージ（果てには死のイメージ）がある。その負の面は、作品最終部の蛍の乱舞にもある。

蛍の大群は、滝壺の底に寂寞と舞う微生物の屍のように、はかりしれない沈黙と死臭を孕んで光の澱と化し、天空へ天空へと光彩をぼかしながら冷たい火の粉状になって舞いあがっていた。（142）

蛍の大群の「沈黙と死臭を孕んで光の澱と化」すイメージは、悪阻で苦しむ千代と繋がっていよう。こういう負のイメージもあってか、千代たちは仲のいい夫婦として描かれていない。次の文章は竜夫が小学生になる前、家族で見たサーカス見物後の回想である。

何かのやりとりのあと、重竜が千代をなぐった。みんなしんとして親子を見つめていた。千代はうつむいて辛そうに笑っていた。竜夫は黙って父と母を見やった。また重竜が千代をなぐって立ちあがった。（79）

ここには酒井英行氏の言うように、「前夫の悪夢の再現。男の下敷きにならざるを得ない哀しみ。男気に富む重竜への信頼だけが夫婦生活の支えであった」[13]千代の悲しみがうかがわれる。

そして、二人の生活は重竜の死で終わる。重竜は死に際に、「…はる」と言い残す。（前妻の名前が春枝である。）

千代は夫にしがみつき、

「心配いらんちゃ。何も心配することないちゃ。春枝さんは、商売も繁盛して、しあわせに暮らしとるって……。父さん、心配せんでもええちゃ」
と叫んだ。(124)

自分たちよりも先妻の名前を呼んだと思い、千代は動揺する。酒井英行氏は、重竜の「春枝への罪滅ぼしをしているかの言動」とか、「竜夫の母親が春枝であってくれたなら、という強い思いがあったはず」[11]と指摘する。そうかもしれないが、疑問の点もある。

後日、春枝の弔問を受けて、千代はその裕福そうな暮らしを察して、重竜の言葉について、「あれは春枝ではなく、じつはもっと他のことを指していたのかもしれないという気」(127)がする。

では、重竜の言い残した「……はる」とは、何を意味するのか。それは、春枝の竜夫への態度やセリフ、特に、高岡駅での二人の別れの際の様子から推測できる。

春枝は列車の窓から両手を出して竜夫の腕をつかんだ。そして顔をくしゃくしゃにし、涙声で言った。
「おばちゃんのできることは何でもしてあげるちゃ。商売が何ね、お金が何ね。そんなもんが何ね。みんなあんたにあげてもええちゃ……」
春枝は泣きながら紙きれに自分の住所を書きつけて竜夫に渡した。(129)

なぜ春枝は、これほどまでに後妻の子供に愛情を示すのか。実は春枝は、竜夫と初対面ではなく、彼が二歳のときに会っていた。

私も二人と一緒に金沢の駅前で夕ご飯食べたがや。ほんとの夫婦、ほんとの親子みたいにしてご飯を食べとると、私はもうたまらんほど哀しいなってきて……。(127)

子どものいない彼女は竜夫に、自分の「子ども」を見たのかもしれない。時が流れて、「なんや夢みたいやね

二 「蛍川」

え」（128）という彼女のつぶやきから、離婚の際の生々しい苦しみは消えていよう。しかも、眼前の竜夫は若いときの重竜によく似ている。彼女は竜夫を「覗き込んだ」・「じっと眼鏡越しに竜夫を見つめていた」・「黙っていつまでも竜夫に視線を注いでいる」・「何も語らず、竜夫を見つめつづけるばかりだった」（128）。彼女は重竜に愛情を持ち続けており、竜夫にも愛情を持ったのだろう。

そういう春枝の気持ちが分かるから、竜夫の行く末を頼めと重竜は言い残したのではないか。竜夫の行く末を重竜は気にしており、竜夫の幸せは、千代の幸せに通じるのである。

五　竜夫と英子

では、もう一組の竜夫と英子はどうか。二人は小学生までは仲良しであったが、中学に入ってからは「急に口もきかなくなった」（84）。竜夫は英子を忘れたのではなく、逆に思いが深まり、かつ、彼女を性欲の対象としていたのである。彼は英子あての手紙―「他人には読まれたくないような恥ずかしいことが、言葉足らずの文面に溢れている」（84）―を、何度も書いている。

友人の関根が英子を好きだと告白したのも、竜夫の英子への思いを深める。

「英子は、ええ匂いがするがや」（中略）

そして関根は、熱情的やのォとつぶやいた。

「熱情的やのォ、英子のフェロモンは、熱情的やのォ」（86）

関根の言葉は性的だが、素直である。彼は英子の写真を盗み、竜夫はそれを羨んでいた。関根は友情のしるしとして、竜夫に写真を渡す。

「友情のしるしやが。……これからずっと俺と友だちでおるちゃ。ずっと、おとなになっても、ほんとの友だちでおるちゃ。ええか?」

「……うん」(114)


関根が用水路で水死しなければ、二人はいい友だちであり続けたろう。彼の死後、竜大は自分の臆病さを反省し、英子を蛍狩りに誘うため声をかけようとする。

その直前に、水飲み場でクラスの女生徒に、「いまそこで英子ちゃんも水飲んだがや。英子ちゃん、きっと喜ぶわァ……」と言われ、彼は「顔を火照ら」せ、授業中に「英子を何度も盗み見」(120)る。(女生徒は英子の気持ちを察して言ったのだろうが、それまで英子と竜夫の間には何もなく、唐突の感がある。[15])

竜夫は勇気づけられ、英子を蛍狩りに誘う。彼女も、小学生の時に聞いた蛍の話を覚えていて、行きたいと言う。話しているうちに竜夫は、関根の盗んだ写真を自分が持っていることを話す。

やがて父の葬式が終わり、蛍狩りの日が近づく。竜夫は、英子の家に蛍狩りの許可をもらいに行く。母の初子は初め難色を示すが、竜夫は自分の母も行くと嘘をつき、許可をもらう。喜んだ英子は「雨、降らんようにお祈りするちゃ」と言う。「そんな英子は、ひどくおとなびていた」(133)。

　竜夫が帰ろうとすると、英子は、

「関根くん、泥棒やが」

　そう言って竜夫を睨んだ。英子は耳まで赤くなっていた。

「写真、返すちゃ」

　竜夫も赤くなって答えた。

「そんな友情、聞いたことないちゃ」

そして英子は下を向いたままいつまでも顔をあげなかった。(134)

英子の竜夫への恋心がうかがわれる場面である。考えてみれば、蛍狩りは銀蔵や千代が一緒だとしても、英子にとっては竜夫との初デートである。

六　蛍狩り

蛍狩りの当日、英子たちは早めに竜夫の家に来る。

黄色い小花を散らしたワンピースは、英子の色白の肌によく映えた。その女らしさには、自分よりももっと遠くのものを知っているような風情が宿っていて、竜夫は一目で気遅れしてしまった。(136)

母の初子が「年頃の娘を持つと、神経質になってしもうて」と言うように、英子は「別嬪」で成熟への過程にある。前述した千代の感想―「英子のすっかり娘らしくなった胸や腰を見ていると、千代はそこに何かしら恐ろしいものを嗅ぐような気がして」(139)―も、美しい女が男たちの思慕や欲望の対象となること、そして、それに反応する女の性（さが）を知っているからであろう。

一行は蛍狩りに出発するが、なかなか蛍とは出会わない。千代は歩くのに疲れ、時間が遅くなったことを懸念して、あと千五百歩歩くことにする。そのとき千代は、「出逢うかどうかわからぬ一生に一遍の光景に」(141)出会えば、富山を離れて大阪に行こうと、未来を賭ける。（同様に、英子も竜夫との恋を賭けたのかもしれない。）

その甲斐があって、四人は蛍の大群と出会う。しかし、「それは、四人がそれぞれの心に描いていた華麗なおとぎ絵ではなかった」(142)。

蛍の大群は、滝壺の底に寂寞と舞う微生物の屍のように、はかりしれない沈黙と死臭を孕んで光の澱と化し、天空へ天空へと光彩をぼかしながら冷たい火の粉状になって舞いあがっていた。
四人はただ立ちつくしていた。（中略）
この切ない、哀しいばかりに蒼く瞬いている光の塊に魂を注いでいると、これまでのことがすべて嘘ではなかった、そのときそのとき、何もかも嘘ではなかったと思いなされてくるのである。（142）

千代は蛍の「光の塊に魂を注」ぎ、これまでのことを嘘ではないと思う。蛍の大群が見る者を圧倒し魂を揺さぶったのであり、それは宿命感へと通じる。他の三人も同様であろう。渡辺善雄氏の言うように「貴種流離譚の枠組みを借り」つつ、「力強い『再生』ではないが、無気力に流されるだけの哀しい生でもな」く、「流れながらもささやかな幸せを求める生」[16]である。圧倒的な（死を含む）美や生が、竜夫たちを鼓舞していよう。

そして、蛍の大群は壮大な交尾である故に、性の面でも力を持つ。年寄りの銀蔵ですら「熱にうかされているように、心なしか喘いでいた」。若い二人はより影響を受ける。

竜夫は蛍の群れに近づこうとしたため、英子は彼のベルトを掴み止めようとする。が、彼は進み、彼女はついていき、蛍たちの生命の動き―交尾―と共振し始める。

英子はまだずっと竜夫のベルトを握りつづけたままであった。竜夫は英子に何か言おうとしたが言葉にならなかった。
彼は体を熱くさせたまま英子の匂いを嗅いでいた。（144）

性が発動し、彼らは近づく。そこに、一陣の強風が蛍の光をまきあげ、「光は波しぶきのように二人に降り注」ぐ。

英子が悲鳴をあげて身をくねらせた。
「竜っちゃん、見たらいややァ……」
半泣きになって英子はスカートの裾を両手でもちあげた。そしてぱたぱたとあおった。

「あっち向いとってェ」

夥しい光の粒が一斉にまとわりついて、それが胸元やスカートの裾から中に押し寄せてくるのだった。白い肌が光りながらぽっと浮かびあがった。竜夫は息を詰めてそんな英子を見ていた。（144）

英子の「白い肌が光りながらぽっと浮かびあが」る。見方によっては、光る蛍たちに犯される如き英子ではあるが、竜夫は、「何万何十万もの蛍たちは、じつはいま英子の体の奥深くから絶え間なく生み出されているもののように」（144）思う。

英子は蛍に侵入され、「体の奥深くから」光を生み出し、蛍たちを生む〈母〉と化す。それは「蛍」と英子の一体化であり、（英子にとっては）魂と肉体の浄化でもある。だが、それは美しいばかりではなく、蛍の交尾と同様、死をも孕んでいよう。そのせいか、千代は英子を見て、「蛍の綾なす妖光」（145）を感知して、「かすかな悲鳴」を上げる。そこには生や性が輝き、死が潜んでいる。

英子は、竜夫にとって美や生（性）の象徴であろう。蛍の乱舞が「宿命」と化し、彼らを圧倒するように、英子は輝く性の女として、彼の前にある。

そのとき、竜夫は、子どもから大人の世界（性の世界）へと進んでいくのかもしれない。同じく英子も、自分の美や生（性）の存在を蛍たちに促され、新しいステージ―竜夫を愛すること―に向かうのかもしれない。

「蛍川」は、美の饗宴たる〈蛍川〉に出会い、人生を宿命の如く与えられ、生（性）や死を生きて行く人間の物語である。そして、最終場面において、英子は、死を内包する「女」として輝くのである。

注

(1)(2)(3) 中村光夫や安岡章太郎の選評、および宮本輝の「受賞のことば」は、『文藝春秋』(56)1978・3) による。

(4) 鎌田均「『蛍川』 生きる意味を訪ねて」(『〈新しい作品論へ〉、〈新しい教材論へ〉 6』右文書院 1999・7)

(5)(6)(9)(16)「蛍川」の成立事情に関しては、渡辺善雄氏の「『蛍川』の生成 父の発見」が詳細に論じている。参照していただきたい。

(『〈新しい作品論へ〉、〈新しい教材論へ〉 6』右文書院 1999・7)

(7)(12)(13)(14) 酒井英行『宮本輝論』(翰林書房 1998・9)

(8)(10) 安藤始『宿命と永遠—宮本輝の物語—』(おうふう 2003・10)

(11) 本文の引用は、『宮本輝全集』1(新潮社 1992・4)による。( )内の数字は全集のページ数である。

(15) 主人公が女たちに好意を持たれるのは、川三部作の残りの二作品でも同様であり、中学生の主人公が、好きな美少女から好意を持たれるのは、「錦繍」でも同じである。ここには、主人公の魅力の保証とともに、渡辺善雄氏の言う「貴種流離譚」の性格もあろう。「錦繍」の有馬(中学生二年生)は、都会(大阪)から田舎(東舞鶴)にやって来た転校生であり、父母を亡くし孤独である。竜夫はそれほどではないが、大阪からやってきて、父を亡くし、やがて大阪に帰るだろう点では似ている。

三　「道頓堀川」

一　はじめに

「道頓堀川」（『文芸展望』1978・4）は、二人の男―喫茶店「リバー」のオーナー・武内鉄男（五十歳）と、バイトの大学生・安岡邦彦（二十一歳）―が、大阪の道頓堀界隈で織りなす物語であり[1]、彼らに絡むのが武内の妻・鈴子や邦彦の恋人・まち子、および武内の息子・政夫たちである。この作品では、主人公二人の物語の他に、武内と政夫の父子の物語、武内と鈴子の夫婦の物語、邦彦とまち子の恋人の物語などが描かれていると言える。本章では、作品の主軸となっている主人公二人の物語と武内と鈴子の物語に注目する。

作品（十一章構成）の現在時間は、昭和四十四年の秋から大晦日までであり、登場人物たちの過去と現在が組み合わされている。また、主人公の複数化によって作品世界の幅が広がり、男女の関係が時間の幅を持って描かれている。が、邦彦や武内たちの消極性や孤独感によって、作品に内向きの雰囲気が生じていたり、主人公の複数化によって、作品の求心力が弱まっている嫌いがある。

本章では、〈道頓堀〉という地が、主人公たちにどう影響しているのかをおさえ、続いて、武内と鈴子を中心とする男女の愛憎を考えていく。

二　安岡邦彦と道頓堀（川）

安岡邦彦（大学四年生）は両親を亡くし、武内の経営する喫茶店リバーで、二年近くバイトをしている。現在、彼は就職活動中だが、これといった進路の展望もなく、物思いにふけって川を見るような男である。[2] 彼の見る道頓堀川は、作品冒頭で次のように描かれる。

> 夜、幾つかの色あざやかな光彩がそのまわりに林立するとき、川は実像から無数の生あるものを奪い取る黯い鏡と化してしまう。不信や倦怠や情欲や野心や、その他まといついているさまざまな夾雑物をくるりと剥いで、鏡はくらがりの底に簡略な、実際の色や形よりもはるかに美しい虚像を映し出してみせる。（一・149）[3]

道頓堀は、昼間は「巨大な泥溝」・「腐った運河」であるが、夜は「はるかに美しい虚像を映し出」（149）す。（同様に五章で、道頓堀と繁華街は、「眩ゆい、物寂しい光の坩堝」（五・261）と描かれる。）それは、邦彦の心情（孤独感）の投影故でもあり、彼の根無し草的な孤独感は、人の多い繁華街故に深まっている。

だが、彼は「寂しさ」以外でも、道頓堀に牽きつけられている。公園で出会った老人の手帳に書かれた詩を読み、彼は雑踏の人々に「自分」を見る。

> 川ぞいの窓辺に凭れて、歓楽街の賑わいを眺めつづけていると、見知らぬ他人の群れが、どれもみな自分自身であるかのような思いに駆られる。
> 　人々のうしろ姿は影が薄く、あてどなく急ぎ足で、寂し気に見えた。別々のところで生まれた、別々の心の、言葉すら交わすことのない自分という数千の人間たちが、流れ過ぎては雲集して来るのだった。それはみな自分だと邦彦は思った。（三・238）

邦彦は他者に無関心ではなく、彼らの「寂しさ」に惹きつけられ、共感を抱いている。しかし、彼は金が重視される繁華街（人々）に、好感を持っていない。街が「すさまじい汚濁と喧噪」（331）と堕すとき、彼はこの街から出たいと思う。

三　武内と道頓堀

武内は邦彦と違い、四十年近く道頓堀で過ごしていて、道頓堀と彼の人生は密接に絡まっている。ただ、現在（昭和四十四年）の道頓堀は人情味が薄く、昔は人間味あふれた土地だったと、彼は思う。そして、道頓堀には人間を駄目にする要素、若者に与えるマイナス面があることをも知っている。

邦彦とどこかで相通じるものを持った青年たちが、幾人もこの歓楽街で色艶を失っていったさまを、武内は自分の来し方と重ね合わせて思い起こした。（六・273）

そして、邦彦を見ながら、彼に足らないものは「ふくよかさ」（二・199）だと思う。

寂しい顔だなと武内は思った。眉も太く、目も長く大きく、鼻筋もきちっと通ってやさしそうな顔立ちなのに、どこかに何か足らないものがあった。（中略）それは、ふくよかさであった。この道頓堀で武内が知り合った数多くの人間たちは、みな相貌の奥に、生まれついてたずさえているとしか言いようのない、ある共通した貧しさを持っていた。（二・199）

「ある共通した貧しさ」が人間を不幸にさせると、武内は思っているが、不幸になる人々を嫌悪しているのではない。彼を裏切った鈴子ですら、死後には愛おしさを感じるように、彼は道頓堀の人々に連帯感を持っている。その思いは、作品最終部で、「たとえ本人がどんなに拒んでも、邦彦を自分のところに引き留めておこう」（342）

との願望になる。このように、彼の思いは道頓堀の内にある。

四　鈴子と武内―出会いから出奔まで―

この作品のヒロインは、武内の妻・鈴子である。（邦彦は女性に憧れているが行動力がなく、まち子との仲も始まったに過ぎない。）

武内と鈴子の出会いは昭和二十一年であり、彼はその頃千日前で日用品屋を営んでいて、「三つ歳下」の寡婦の鈴子と知り合う。二人は関係を持ち、武内は鈴子の「純情そう」だが、「酸いも甘いも知り抜いている女のあざとい媚び」（181）に驚きながらも、彼女に尽くす。

武内は自分の儲けた金で、鈴子の望む物をほとんど買ってやった。鈴子はそれらを、実家の両親に嬉しそうに持って帰った。そしてあたかも代償のように、武内の求めに応じて拒むことはなかった。（二・183）

彼は、鈴子や彼女の一家のために「懸命に働」き、彼女の体に耽溺するが、彼女は性的不満を漏らすようになる。


「いっこも、気持ええことあらへんかった」

ある夜、鈴子はそう言って寝返りをうち、すねたように背を向けた。

「うち、もっと気持のええ思いがしてみたいねん」

（中略）

武内は、鈴子からもう決して離れられない気がした。この体だけで充分だと思ったとき、さっきの冷たい感触が、心の中に戻って来た。かつて味わったことのない、寂しい、どこにも逃げ場のない孤独感であった。（二・185）

女の持つ性の貪欲さと、それに対する男の孤独が描かれる。[4]だが、それは鈴子の責任だけではなく、武内が彼女と性で接したせいでもある。例えば、武内が天王寺に日用品店を持ったとき、鈴子は自分を「めあてにやって来る男」たちとの肉体的接触を許し、二人のいさかいとなり、武内は暴力を振るう。だが鈴子の媚態と武内の性欲により、「いつも同じ手口にかかって、鈴子の体を歓ばせる結果で終わる」(187)。性がこの二人を結びつけている。

その後、政夫が生まれ、「易者の真似事をしながらその日の糧を得て、あとは海の絵ばかり描き続けている得体の知れない」(187)杉山が現れる。「杉山の描く海」に、「明るい、ほのぼのとした色調の奥に、観る者の精気を奪うような冷たさ」(188)があるように、彼は心の奥に虚無を抱えている。

酒井英行氏は杉山を、「戦後の豊かさの神話を解体する神として君臨する」[5]とするが、彼は「人間の『夾雑物』を浄化する」[6]力はあるものの、それは彼の虚無感の範囲内でしか効力を持たない。だから、後年再会した武内は、杉山に「お前は市井のゴミ屑みたいに果てていくのに違いない。夢も望みもあったであろうが、いまやそうやって朽ちていくことを、お前はちゃんと知っているに違いないのだ。」(九・318)と思うのである。

杉山は武内に一家離散を予言し、鈴子と関係を結び、母子ともども出奔する。

五　鈴子と武内—再会と鈴子の死、その後—

後日、鈴子は天草での杉山との生活に窮して、武内のもとに帰ってくる。

二年ぶりに見た鈴子は「やつれていたが、美しくなっていた」。絶望感に駆られて、武内は鈴子に、「食えんかったら、パンパンでもやれよ。どんな乞食とでも、寝れる女やないか」(二・203)と言う。彼女は「じっと武内を睨みつけ」、「うち、死にたいねん。……あんた、うちを、殺してェな」と言う。

武内は無意識に立ちあがった、よし、殺してやると胸の内でつぶやきながら、

「あんな男のどこがええんや」

と訊いた。（中略）

「好きになってん。……うち、気が変になるくらい、好きになってしもてん」

鈴子の目がすわっていた。彼は満身の力で、鈴子の横腹を蹴った。鈴子は腹を押さえてうずくまり、もう一度蹴られようとするみたいに上体を伸ばして唇を噛んだ。鈴子が本気であることを武内は知った。殺されようとしていることも、気が変になるくらいに杉山を愛したことも。（二・204）

鈴子は杉山を愛していたし、今もそうなのである。が、生活（食う）のために帰ったのである。結果として、武内は政夫の養育費を払い続け、鈴子は工場に勤めることになる。

三年後、武内は鈴子のアパートを訪ね、「意外に明るい表情の鈴子が別段驚いたふうでもなく自分を迎え入れたことで、不思議な心の安らぎをおぼえ」（210）る。武内は自分の暴力への反省もあり、彼女が「身を寄せてき」（212）たとき、再び関係を結ぶ。その後、彼は「毎週土曜日の夜を鈴子のアパートで過ご」し、夫婦としての月日を送る。

だが、鈴子は杉山のことを忘れた訳ではなかった。彼女が死ぬ数年前、京都の某骨董品屋で、彼女は翡翠色の水差しを「懐しさをあらわにして」、「食い入るように」「見つめていた」（214）。

彼女が水差しに執着した理由は、四章で明らかになる。店の客である加山が、この水差しから「いなかの海を思い出」（251）すと言う。武内は、

烈しく胸を衝かれてそこに立っていた。杉山が描いていた海の色を思い出したのである。（中略）そうか、鈴子は、そんなにも烈しく、あの杉山を愛したのかと思った。（四・251）

武内は彼女の心情を思い、「かつてない思いで、鈴子を愛しく不憫に感じ」（252）る。

その後、武内は知人のユキの手引で杉山と会い、「なんで鈴子はあんたと別れて、天草から私のところへ帰ってきたんですか」（九・320）と聞く。

杉山は「口を開こうとして、思い直したように唇をきつく閉じてしま」（320）い、鈴子のことを語ろうとはしない。武内は「しみじみとした気持になって」、「鈴子は、あんたと別れとうはなかったんやないかと私は思ってるんです」（九・321）と言う。

武内は、鈴子と杉山を許していく。

> 不思議な感情が武内の胸を熱くさせた。（中略）鈴子は、ずっと杉山と一緒にいたかったのに違いない、だが鈴子は、あの飢えの時代にあって、万策尽きて仕方なく自分のところに帰って来たのだ。杉山も鈴子も、なんと可哀そうだったことだろう。（十一・342）

しかし、鈴子への肉欲や怒りが消失した訳ではない。

> 武内は一瞬、烈しい思いで、鈴子の弾力に富んだ白い体を心に描いた。ふいに涙が溢れてきた。鈴子をいまほど愛しいと思ったことはなかった。しかも武内は、煮えたぎるような憎しみを、その愛しい今は亡きひとりの女に向けていた。（十一・342）

武内は自分を裏切った女を愛おしみ、かつ、憎んでいる。即ち、彼の情念は「烈しい思い」でもあり、「煮えたぎるような憎しみ」でもあった。

もう一方の邦彦は、新しい絆―まち子との恋愛関係―を作りながらも、街からの脱出を思い、道頓堀の人々に惹きつけられながらも、その中で孤独を感じている。彼には、武内ほどの強い情念は感じられない。

「道頓堀川」は、〈道頓堀〉という場で、他者を求めつつも独り立ちしようとする青年（邦彦）と、夫たらんとする男（武内）の愛憎を描いた作品である。そして、色々な人間ドラマを見せているのだが、「泥の河」や「蛍川」のように最終場面に向かって高まってはいない。そういう意味では、女に対する男たちの情念が描かれているとしても、作品の持つ迫真力や結晶度は、そんなに高いものではない。

注

（1）この小説は初め、昭和五十三年四月号の『文芸展望』に発表されたが、その後、原稿用紙二百枚程度の加筆をして、昭和五十六年五月に筑摩書房より刊行された。両者の違いについては酒井英行氏の論文に詳しい。（酒井氏は前者を原「道頓堀川」、後者を定稿「道頓堀川」と呼んでいる。）
（酒井英行『宮本輝論』翰林書房　1998・9）
本章では、定稿「道頓堀川」を本文として、考察の対象としている。

（2）ダニエル・ストラック氏の調査によれば、邦彦が橋と関わるのは五十四例であり、武内が二十例、まち子が十六例である。邦彦の方が圧倒的に多い。
（ダニエル・ストラック「宮本輝『道頓堀川』研究―橋から洞察する人生―」「北九州大学文学部紀要」54　1997・7）

（3）本文の引用は『宮本輝全集』1（新潮社　1992・4）による。（　）内の漢数字は章を、アラビア数字は全集のページ数を示す。

（4）この作品では女性の快感は描かれるが、男性たちの快感の描写はあまりない。邦彦もまち子との場合、「鋭利な刃物で切り刻まれたような鈍痛を自分の体の中に感じていい」（十・330）たとある。

（5）（6）酒井英行『宮本輝論』（翰林書房　1998・9）

四 「夜桜」

一 はじめに

「夜桜」（『文學界』1978・4）は、「蛍川」の後に発表された短編である。作品の現在時間は、主人公・綾子と山岡裕三の結婚（終戦数年後）から二十数年経過していることと、今は不景気との裕三のセリフから、石油ショック後の昭和五十年前後と想定される。季節は桜が満開の四月上旬であり、場所は阪神の御影の閑静な住宅地（綾子の自宅）である。

この作品の前半は、綾子と元夫・裕三との過去と現在が、後半は綾子と若い男女（新婚夫婦）との交流が満開の夜桜を背景にして、描かれている。が、「蛍川」のように評価は高くなく、研究者に言及されることも少ない。その理由としては、後半の若い男女の登場を別にすると、作中にこれといった事件がないことや回想が多いこと、そして、最終場面の綾子の思い―「いまなら、どんな女にもなれそうな気がした」（25）[1]―と、彼女の年齢（五十歳前）とのズレなどが考えられる。

安藤始氏は、この作品には「生と死」が描かれているとし、「主人公の人生のすべてであった子供の修一の事故死以来、自分が変わっていくことに気づき、いうなれば、それまでの自分から脱皮をしていく物語」[2]とする。指摘の通りだが、「生と死」の特色や主人公の「脱皮」の内容をより深く考える必要がある。

また、酒井英行氏は「宮本の影が刻印されていない人物、しかも宮本と性を異にする女性を視点人物にすることで、自伝的作品からの離陸を試み、女性の心理と生理を描こうとしている」[3]とする。宮本文学中の「夜桜」の位置づけはその通りだろうが、「女性の心理と生理」の実態は、作品最終部に向かっての綾子の読み取りにかかっていよう。

以上をふまえて、この作品は何を描いているのか。そして、この作品の特徴は何かを考察する。

二　綾子と裕三

「夜桜」は、四月上旬の綾子の出来事―昼過ぎから真夜中―を描いている。彼女は、作品冒頭で、「阪急電車の御影駅で降りると、綾子は閑静な住宅地の坂道を、春の風になぶられながらとぼとぼのぼっていった。」（9）と描かれる。ここには、彼女が五十歳前であることと、離婚後に一人で育ててきた息子（修一）を、昨年交通事故で亡くしたこと、そして、彼女の受け身的な性格（淡泊な性格）が影響していよう。

性格に関して言えば、彼女は坂道から見える神戸の海に対して、次のように感じている。

> どんなに心楽しいときも、綾子はここから見える海を、幸福感を抱いて眺めたことはなかった。曳航される大型の客船や貨物船をみつけると、不思議な寂しさが湧きあがってきて、しばらく坂道に佇んだまま遠い海を見つめてしまうのだった。（9）

ここから、彼女のメランコリー（内向き）な性格や、彼女の執着心の薄さが推測できよう。

綾子が坂を上り家に着くと、離婚した元夫の裕三が待っていた。綾子は裕三との結婚を回想する。裕三は戦時中に兵隊に行き、復員後に綾子と結婚したが、二人の結婚生活は長続きしなかった。その原因は、綾子が夫と若い事務員との浮気現場を見たことであった。

四　「夜桜」

綾子は彼の浮気が我慢できなかった。「絶対に別れたいんです」と「子供がいやいやをするように叫んで」、義父の取りなしも聞き入れず、離婚する。彼女は感情のまま、別れてしまったのである。

場面は現在に戻って、裕三が「床の間に飾ってある青磁の壺」―「義父が大切にしていたもので、裕三と別れる際、綾子にくれた」もの―を手に取ったとき、綾子は「義父の大きな優しそうな目が浮かんで」、「思いもかけない言葉を口に」(14)する。それは、胸の奥底に秘めていたものであった。

「今度だけは堪忍してあげます。もう浮気なんかしたらあきまへんでェ。あのとき、そない言うたらよかった……」(14)

綾子は裕三を「ぼんぼん」で、自分のことを苦労知らずの「ねんね」(14)だったと思う。そして、息子・修一の死が語られた後、綾子は次のように泣く。

> 修一まで死んでおれへんようになったと言いながら、綾子は突然泣いた。(中略)泣きながら、綾子はたまらない絶望感に包まれていた。何もないだだっぴろい野原に、ぽんと捨て置かれたような寂しさが、きつく締めた帯の上から、さらに綾子の体をしめつけてきたのだった。自分は、こうやってさめざめと男の前で泣ける女ではなかったとも思った。(14)

久し振りに裕三に会い、修一の話をして気が昂ぶったのだろう。彼女は「絶望感に包まれ」、「寂しさ」を感じ、「さめざめと男の前で泣」く。そして、「自分は何かにつけて淡泊な女なのだ。だから、修一まで死なしてしまった。そんな脈絡のない思いが、いっきに噴きあがって」(14)くる。

彼女の淡泊さと息子の死とは関係ないが、息子の死に罪悪感があるのだろう。

だが、綾子は悲嘆に暮れるが、元々は淡泊な性格である。例えば、息子が生活した部屋を、その死の一年後に他人に貸そうとするのは、「息子に執着する母」ではない。

三　綾子と若者たち

裕三が帰った後、見知らぬ若者が訪れる。近所に電気工事に来て、綾子の家の「下宿人募集」の貼り紙を見てやって来たのであった。

が、綾子は裕三に言われたように、下宿人募集の撤回を言うと、若者は「きょうひと晩だけ二階の部屋貸してもらいませんか」(16)と頼む。綾子は返事に困るが、結局は青年の申し出を受ける。青年の「屈託のない笑顔」(16)や「健康そうな顔つき」(17)が綾子の警戒心を緩め、家の中の電気器具を直してもらっている内に、「青年とは随分昔からの知り合いだったような気がして、綾子は久し振りに楽しい気分にな」(19)ったためである。

そして、二人で二階に上がり、部屋のかつての持ち主（修一）の死を話すと、青年はその部屋―「本棚も洋服ダンスも、そのまま」で、息子が「学生時代から大事にしていたテニスのラケットが三本、壁に掛けられている」(18)―の重みを知り、遠慮気味に再度貸して欲しいと申し出て、綾子はそれを受ける。

青年は八時すぎに、若い女（新妻）をつれて来て、綾子は愚弄された気がした。「自分の家が、見も知らぬ男女にラブホテル並にあつかわれていることに」、「言いようのない腹立ちを感じた」からである。が、二人が結婚したばかりであること、かつ、二人に「下品なところがない」ことなどが、綾子に「きっぱり断わるだけの元気」(22)を与えなかった。ここには、綾子の人の良さとともに、新婚男女への興味があったのかもしれない。

彼女は「門の錠を下ろし」、「自分の部屋に戻」る。その後「十時が過ぎ、複雑な気持が鎮まってきてから」(22)、風呂に入る。

実は、彼女は更年期であり、自分が「女」でなくなっていくことに、「不安と焦燥」(21)を感じていた。この肉体的・精神的揺れが、新婚夫婦への思いにも関与していく。

彼女は二階にいる新婚夫婦を気遣いながら、そして彼らの影響を受けて、風呂の中でのかつての自分たちを思い出す。その思い出が綾子を、二十数年前の「綾子」に、そして、二階の新婚の男女に重なっていく。想念による性(生)の発動である。

だが風呂から出ると、彼女は「ふいにいやな予感が頭を掠め」(23)る。「心中」でないかと疑い、こっそりと二階に行く。

四　新婚夫婦と綾子

綾子は、新婚夫婦の会話を盗み聞く。新婦の初夜の要求―満開の桜・一泊で行けるところ―に青年が愚痴をこぼすと、「女のくぐもった笑い声」が聞こえ、「綾子の胸に染み入って」(24)くる。女の喜びの気持ちが、素直に綾子には感じられたのだろう。

その後、二人は桜の美しさに感嘆して、次のように話す。

「わたし、おんなのしあわせて、絶対に、お金持の男と結婚することやと思うわ」

「俺も、そう思うなァ」

「人ごとみたいに言うて……。いつか、こんな家に住めるようにしてね」(25)

彼女らは自分たちの結婚を喜んでおり、未来に希望を持っている。対して綾子は、裕福な裕三と結婚し、彼の裏切り(浮気)に耐えられず離婚した。当時の綾子は、二階の若い女性のような要求もしなかったろうし、裕三も青年のように彼女の願いを叶えるために、向こう見ずなことはしなかっただろう。考えてみるに、裕三と綾子の間にどれほどの愛情があったろうか。裕三のプロポーズの言葉は「取り返しのつかんことをしてしもた」（12）である。ここには戦争による空費への思いがある。そして、彼に深い愛情があれば、新婚三年目で他の女と浮気はしないし、妻も離婚はしなかっただろう。

ここで比較したいのは、「錦繍」の有馬と亜紀の離婚である。有馬の浮気は中学生時代からの恋人・由加子とのものであり、浮気とは言い難い。また、有馬と亜紀の離婚は当事者二人の意志と言うよりも、亜紀の父親（星島照孝社長）の強いサジェスションによる。綾子の場合、裕三の父は「二人の離婚を思いとどめさせようと、この御影の家の上がり口に土下座して綾子に詫びてくれた」（13）のである。綾子が裕三を許せば、二人の結婚生活は続いたろう。

後年、綾子は離婚を反省しているし、裕三も修一の死に動揺し、離婚を後悔している。彼女はそんな自分たちの弱さを自覚して、若い男女の未来に期待したのかもしれない。

彼女は「またそっと階段を降り」、「自分の部屋の明かりを消し」、「満開の桜」を、「縁側に座り長いあいだ眺め」（25）る。

五　夜桜と綾子

彼女は夜桜を、「こんなに息を凝らして眺め入ったことはな」く、やがて、

> 膨れあがった薄桃色の巨大な綿花が、青い光にふちどられて宙に浮いているように見えた。ぽろぽろ、ぽろぽろ減っていくなまめかしい生きものにも思えるのだった。（25）

酒井英行氏は、綾子が「惜しみなく、〈なまめかしさ〉を流出させる『なまめかしい生きもの』に変身している」[4] とするが、「虚体としての彼女」[5] であればともかく、綾子イコール「なまめかしい生きもの」とは言い過ぎで、「なまめかしい生きもの」とは直接には夜桜を指し、間違して若い男女や綾子を含んでいよう。綾子は、

夜桜の、間断なく散りつづけるさまだけが心に染みて、生温かい花のしぐれに身をゆだねている心持に酔っていた。
二階の二人は、きっともう窓辺から離れて、再び夜具にもぐり込んでいるに違いないと思う。（25）

綾子は二階の二人に影響され、「二人の体臭までが、はっきりと嗅ぎ取れるような気」がする。彼女は若い男女へ近づいている。

さまざまな思いがよぎり、その中にふっと見えるものがあった。ああ、これなのかと綾子は思ってみた。いったい何がこれなのか綾子にもしかとはわかりかねていたが、彼女はいまなら、どんな女にもなれそうな気がした。（25）

この「ふっと見えるもの」とは、安藤始氏の言うような「一定の年に達した女の性」[6] だけでなく、すべての女性が持つ〈女そのもの〉であろう。不思議な夜桜の力で、彼女は「どんな女にもなれそうな気」がしている。彼女は淡泊な性質、即ち自己への執着が少ないだけ、他者への憑依が容易なのかもしれない。
「薄桃色の巨大な綿花」の持つ力が綾子を酔わせ、変身の可能性を感じさせる。そして、それは、酒井英行氏の言うように「身構えることなく、セクシュアリティ、女性性を『ぽろぽろ、ぽろぽろ』流露させる『なまめかしい生きもの』として生きる術」[7] であり、共感力に近い。ただ、それは新婚夫婦の性が加わって発動し得る故に、「どんな女にもなれる術を、きょうが最後の花の中に一瞬透かし見るのだが、そのおぼろな気配は、夜桜から目をそらすと、たちまち跡形もなく消えてしまう」（25）のである。

つまり、新婚夫婦の存在があり、「性」が発動したときのみ、夜桜を「生きもの」視できる。これを「蛍川」の最終場面と比べると、その限界が分かる。

「蛍川」では、主人公たちは蛍の大群に圧倒され、「人生」を肯定する力を与えられる。そして、蛍と英子の一体化が行なわれ、現実を超えた力―生や美の力―が発揮され、登場人物のみならず、読者も生・性・美・死の奔流と幻想に動かされる。

対して「夜桜」は、美や幻想性はあるものの、巨大な生（性）や死の存在はない。[8]

六　まとめ―綾子の孤独と願望―

「夜桜」の弱さとして他に、綾子と他の登場人物たちの相互関連の弱さがある。これらは、結局は、綾子の孤独を示している。

綾子は修一が死んだ後、一人であるが故に、他者に絆を求めているのかもしれない。青年との会話のあとで、彼女は「青年とは随分昔からの知り合いだったような気がして」、「久し振りに楽しい気分にな」（19）る。そういう彼女が、最終場面で「どんな女にもなれそうな気」がする。彼女の想いの底には、いろんな女になって、他者と関係したい願望があるのかもしれない。

彼女が変身の可能性（共感力）を実感したとき、淋しさは忘れられる。つまり、綾子は安藤始氏の言うように、「心の隅にたとえ一時にせよ、女としての未来と決意」[9]を持ち得たのだろう。ここには、女の可能性や女の持つ力が描かれている。（それは、「蛍川」で英子が蛍たちの「母」となるのに似ている。）

しかし、どんな「女」にもなれることは、情念上は可能だとしても、現実には不可能に近く、この二つは相反する。（しかも、綾子は五十前であり、女の盛りは過ぎている。）下手をすると、綾子の幻想は、独り芝居になる危険性がある。

だが、夜桜の美しさや新婚夫婦の生（性）の力により、綾子の心情が高められていく所に、この作品の良さと特徴がある。「夜桜」は、女の力や可能性を幻想的に描いている。

注

（1）本文の引用は『宮本輝全集』13（新潮社　1993・4）による。（　）内の数字は全集のページ数である。

（2）（6）（9）安藤始『宿命と永遠―宮本輝の物語―』（おうふう　2003・10）

（3）（4）（5）（7）酒井英行『宮本輝論』（翰林書房　1998・9）

（8）夜桜の背後に、息子の修一の死があるが、「螢川」での友人の事故死や父親の病死による喪失感や、「幻の光」のゆみ子の死者（前夫）に対する愛情の強さや執着心などと比べると、綾子にとって、息子の死は、そんなに重くないのかもしれない。

　息子は大学卒業後、商事会社に勤め始め、「ふらっと煙草を買いに出てねェ、あそこの曲がり角で車にはねられた」（19）と、綾子は青年に淡々と説明している。

五　「こうもり」

一　はじめに

「こうもり」（『オール讀物』１９７８・12）は、「幻の光」（『新潮』１９７８・８）の後に発表された短編である。主人公（語り手）は「私（コンスケ）」であり、副主人公格として、高校時代の同級生「ランドウ[1]（山田欄堂）」と「私」の現在の不倫相手「洋子」がいる。

作品（三章）は、現在（一章）―過去（二章）―現在（三章）という構成で、二種類の物語―「私」とランドウの物語・「私」と洋子の物語―が「私」の語りで展開する。作中の「十三年前」は、昭和三十年代末頃[2]かと推測され、現在時間は昭和五十二年頃かと思われる。舞台としては、前者の物語（過去）は大阪を、後者の物語（現在）は京都を中心とする。

酒井英行氏は「作品世界を統括する現在の『私』の人物像の掘り下げは浅く、現在の『私』には奥行きが欠けている」し、「私」と洋子との物語は「三十歳前後の男女の直向きな情熱のない打算的な関係として、それほど深い掘り下げがあるわけではない[3]」と指摘する。指摘の通りで、現在の「私」とその恋愛（不倫）の描写には不足感があり、二章のランドウの恋愛も途中までしか描かれず、両者ともに「深い掘り下げ」があるとは言い難い。（この点は作者も分かっていて、『宮本輝』全集収録の際には、「私」とランドウの冒険は残されるが、「私」と洋子の恋愛は削除される[4]。）

安藤始氏はこの作品を、「心の奥深くに棲む捉えがたい何かを描きだそうと」しており、「それは人の持つ本質であると共に、人それぞれの持っている宿命に由来する特質でもある。彼らは、その宿命から逃れようとしているかのようでありながら、その自らの持つ特質に生き、そして生きる糧としている」[5]とする。「心の奥深くに棲む捉えがたい何かを描きだそうと」しているのはその通りだとしても、登場人物たちに宿命と呼ぶべきものがあり、彼らは「自らの持つ特質に生き」、「生きる糧としている」のだろうか。いささかの疑問がある。

以上をふまえて、「私」やランドウたちの行動や心情を追い、かつ、恋愛の対象となる女たちを考え、作品の特徴を明らかにする。

二　ランドウの死と「私」

作品は、ある「晩秋の日曜日」(一・103)[6]、大阪駅で高校時代の同級生・松岡から、ランドウの死を知らされる場面から始まる。

「私」はランドウの死を知り、彼の「濃い眉と鷲鼻が、じわじわ心の底からにじみあがってきて」、「哀しい気分になってしま」う。そして、彼の「屈強そうな体躯や顔つきに漂っていた、一種の影の薄さとでも言えるもの」に「思いをめぐらせ」る。

「私」は高校時代、自分を「ごく普通の生徒」(二・109)だと思っていたが、ランドウに目を掛けられ、ある意味頼りにされていた。それは、彼が好きな娘に会いに行くために「私」と鶴町に行ったことや、「コンスケは、相当なもんやで」(二・114)というランドウの言葉からも分かる。(ここまでが、一章の前半である。)

その後、一章後半では洋子との京都行きが語られる。そこでは、情事に心動く洋子の外見―「てかてかと濡れた口紅のまわりで、透明のうぶ毛が光っている。いつもより強くたちこめてくる化粧の匂いの中に、洋子の生な体臭もあった」（二・106）―が描かれ、「私」も、「洋子の裸身がすでに眼前にあぶり出て」とあるように、性的に反応していき、二人は情事へと急ぐ。ランドウの死を聞いたときの「哀しい気分」は消え、欲望が前面に出てきて、死と生（情欲）が入れ替わっている。

三　ランドウとの冒険

二章で場面が変わり、高校時代のランドウについて語られる。彼は「ケンカが強く、素行に問題があった」が、「級友たちからは不思議に好かれていた」。だが、彼のケンカは「血なまぐさ」いものであり、「ちゃんと計算され」た狡さがあった。

そんなランドウは、「なぜか私に好意をもっていた」。「私」は不思議に思いながらも、「決して不快なものは感じなかった」（二・109）。そして、「私」は、「自分とは全く異質なものを、ランドウの冷たい、それでいて決してするどいとはいえない妙な虚ろさを宿す目付から感じ取っていた」（二・109）。

ランドウとの冒険は、九月の「暑い土曜日」の昼過ぎ、「きょう、俺につき合えへんか?」との依頼から始まる。

彼は一枚の写真を定期入れから出して、「私」に見せる。それは、同じ歳頃の娘―「日鼻立ちがくっきり」として「実物はもっとはなやかな面立ち」（二・110）の少女―の写真であった。ランドウは「真剣な表情」で「きょう、この娘に逢いに行きたいんや。一緒に来てくれよ」と頼み、「私」は引き受ける。

大淀区に住む「私」と尼崎在住のランドウは、娘の住む鶴町を知らず、大阪駅のバスターミナルで鶴町行きのバスに乗り、「大阪の西端を南に下っていった」（二・114）。「私」は、「汚ない場末の街にひきずり込まれていくような気」がして「だんだん帰りたくなった」が、「もうとことんランドウにつき合うしか仕方がないようにも思えていた」（二・114）。

二人はバスの終点の大運橋で降り、バラックと工場の間を歩いて行く。そこは太陽がぎらぎらする場所であり、路地には犬の屍骸がころがっていて、「ランドウも私も、顔を見合わせてあとずさり」する。鶴町一丁目に着くと、「断続的にクレーンの大きな音が響いて」、「周囲の底知れぬ静謐をさらに強めて」（二・116）いた。

「私」はランドウに「あの娘に逢うて、それでどないするねん」と聞く。ランドウは「かすかなとまどい」を示し、『あれをしたいんや』（二・116）と言い、「ふたりきりにさえなれたら、その気にさせてしまうんや、まかせとけよ」（二・117）と答える。[7]

しかし、強気のセリフとは違い、彼は青ざめていて「血の気が引いて、心なしか目も吊りあがってい」て、「目はねっとりとかすんでさえいた」（二・118）。「私」はランドウの「本気」さと同時に、彼の不安を感じる。彼は何を恐れていたのか。恋の不成就への不安か、性への不安か、「私」には分からない。

いずれにしても「人間の住んでいる温みや、猥雑さのない、家と道と電柱と市電のレールだけがごみごみとただ重なり合っているだけの、寂しい街の片隅」（二・118）を、二人は歩き、「遠い辺境の街をさまよっている不安」（二・118）が二人を包む。

歩き続けた二人は空腹を感じ、出会った屋台で熱いラーメンを食べる。「私」が、「民家の密集している彼方」を店主に尋ねると、彼は無愛想に、「堤防の向こうは海や。油だらけの、きたない海」（二・119）だと答える。堤防の向こう（汚い海）が、ランドウの恋の舞台となる。

四　ランドウとこうもり

屋台の男から娘の家を教えてもらい、目ざす相手の家にたどり着く。

屋根の瓦は何枚もはがれていて、全体が心なしかひしゃげているような、くすんだ貧しい家で、二階の物干しに吊るされた洗濯物の中に、派手な女の下着が数枚揺れていた。（二・120）

娘の家を見て、二人の幻想（娘への幻想）は減じたろうが、「くすんだ貧しい家」と「派手な女の下着」の対比は印象的である。

ランドウは鞄を私に預け、玄関を開ける。彼の声に出て来た娘は「当惑気味の表情」で、写真よりも「もっと可憐なものも持ってい」て、「私はどぎまぎして」（二・120）しまう。ランドウに紹介されて、「こんにちはと呟いて娘は笑った」が、「顔のどこかに、かすかなおびえと羞恥があ」った。（洋子との共通性は、ここでは明らかにされない。）

「ちょっと待っててくれ」とランドウは言い、二人は堤防の彼方に消えてしまうが、堤防の上で娘のスカートが風にまくれあがり、彼女の「私の目を気にして、慌てて両手で押さえた仕草が、いつまでも心に残」（二・121）る。彼女のその仕草はかえって「私」に性的なものを感じさせる。

「私」は帰ってこない二人を待ちつつ、ランドウ手製のドスで電柱を削っていた。やがて夕暮れになり、ランドウが現れ、「白い凍ったような顔をして、額に汗をか」き、「私」に「悪いなァ。……もうちょっと待っててくれよ。」（二・122）と頼む。「不満そうにうなず」いた「私」を見て、ランドウは「小走りで堤防のところに戻り、いきおいよく飛び越えて、向こうに消え」る。彼の「表情は死人みたいだったが、身のこなしには、抑えきれな

五　「こうもり」

い歓びを隠し持っていた」（二・122）。死人のような表情と「歓び」の共存。後者はともかくとして、前者の「白い凍ったような顔」や「表情は死人みたい」は普通ではない。ランドウの恋愛には、「死」の影がある。

「私」は、「二人がひそんでいる」堤防の向こうの「だだっぴろい汚れた暗い空」（二・122）を見あげ、こうもりの乱舞を見る。

> 私は慄然たる思いで、いつまでもこうもりを見つめた。それは鈍く黯い目を持つ、鳥とも獣ともつかない生き物の、醜悪な踊りであり、汗と虚無にまぶされた官能の、無数の飛沫であり、奇怪な熱情にあやつられるそれらの精魂の、どうしようもないざわめきであった。（二・122）

汚い海やこうもりの描写によって、ランドウの恋愛が暗いイメージに染まる。（しかし、「汗と虚無にまぶされた官能の、無数の飛沫」・「奇怪な熱情にあやつられるそれらの精魂」などと表現されると、誇張気味の表現だと言わざるを得ない。）

「私」は、ドスでランドウの鞄を「何度も何度も切り刻み、それから手に持ったドスを堤防の向こうめがけて放り投げ」（二・122）る。ランドウの恋愛へのいらだちやこうもりの乱舞が、「私」の内なる衝動を呼び起こした。「私」の感情の暴発であり、いわば「ランドウ殺し」である。そして、「露地を走り抜け、大運橋へと駆け」、「バスに乗り、大阪駅に出て、そこから歩いて家に帰」（二・122）る。

その後、ランドウは「学校にあらわれ」ず、退学してしまう。「私」は「それから一度もランドウに逢っていない」し、彼が「死に至るまで、どんな道を歩いたのか知らない」（二・123）。

だが、松岡の知らせ（ランドウの死）や洋子との不倫によって、十三年前の出来事は内なるこうもりの乱舞としてよみがえる。

五　洋子との情事とこうもり

三章は現在に戻り、洋子との情事後の描写から始まる。

洋子は横座りになって、青い蜜柑をむいていた。私はその膝を枕に寝そべった。そうやって、スカートの奥に手を滑り込ませた。洋子はしたいようにさせていた。（三・123）

洋子は二十九歳で、「私」との不倫は二年になる。彼女は、「自分の意志をきっぱりと表情で示す女」（一・107）であるが、情事に関しては「あいまい」である。元々、京都に行こうというのは彼女の情事の誘いであり、そういう時、彼女の「白目の部分は、いつも青味がかってい」（一・106）て、情事を欲している。

「私」が洋子にランドウの死を語ると、戸外のざわめきが私に押し寄せる。

それは風であったり、葉揺れであったり、誰かの落葉を踏みしだく音であったりする。誰も寝ていないのに、部屋のどこかから、寝息に似た音が聞こえてくるときもある。洋子が平静に戻ると、それはいっそう強まってくるのである。（三・124）

この不可解なざわめきは、情事（性）とも関連しており、ランドウが帯びていた「死」とも近い。

「何の病気で死んだんかなァ」

提防を乗り越え、一度私の傍らに戻って来たときの、ランドウの姿態が、心をよぎった。暗い鉄さび色の空と、無数のこうもりが、私の心の奥にうごめいていた。（三・124）

同じような「うごめき」は、女性たちにもある。例えば、女子高校生の「おびえているような、羞恥を押し包んでいるような娘の表情は、京都へ行きたいとねだるときの、洋子の顔つきと共通するものがあった」（三・124）

とある。そこには、性へのおびえと、快楽への期待がある。洋子にも娘にも、羞恥とともに快楽への欲望がある。

「まだ、俺とは、別れられへんやろ?」

そんな私の傲岸な言いぐさに、洋子は素直にうなずいた。

「……うん、もう辛抱でけへんと思う」（三・124）

彼女は、「私」との不倫に満足しているが、二人に愛情は感じられない。

その後、洋子の要望で詩仙堂に行き、「私」は門前で彼女の帰りを待つ。が、帰ってこない彼女を不審に思い、「薄闇にどんより浮かびあがった土壁の向こうをうかが」う。

落葉が、暮色の中で激しく舞っていた。風は詩仙堂の庭でうねっているらしく、幾ひらもの葉っぱが地面に落ちないまま、右に左に、上に下にと舞っていた。私は長い間、その落葉の黯い交錯を見ていた。晩秋の、夕暮に飛び交う落葉は、十何年前の、こうもりそのものであった。静まりかえっていた私の体の中から、クレーンの音が響き、めまぐるしく、それでいてなよなよともつれあうようにして、こうもりたちが噴き出てきた。（三・125）

「私」は十三年前―ランボウとの鶴町での冒険―の状態に戻っていく。当時との違いは、上空のこうもりが風に舞う落ち葉であり、「私の体の中」から噴き出てくるという幻想である。

過去の恋愛の冒険者・ランドウは五年前に死んでいるように、こうもりは死を予感させ、男たちの性は死と通じている感がある。誇張して言えば、彼らは、性（女）を通じて死を呼び寄せている、つまり、女たちが死を与えているかのようである。

作品「こうもり」は、〈鶴町〉の「気色悪さ」とともに、両場面に登場する〈こうもり〉の不気味さによって盛り上げられている。そして、そこでは、女たちは羞恥心やおびえとともに、性（快楽）への期待があり、逆に、男たちは性に戦いていて、性と死の近さが感じられる。

六　まとめ

宮本輝の小説には、生き物がシンボル的に使われている場合がある。「こうもり」もそうである。だが、高校生のデートや中年男たちの不倫に、〈こうもり〉の乱舞に象徴されるような、罪や死のイメージとの結びつきが必要だろうか。また、「私」の内部から〈こうもり〉が噴出するのは印象的だとしても、そこまでの暗さ（罪）を持つ人間として「私」はいようか。これは女たちにも言い得る。女子高校生も洋子も、〈こうもり〉のイメージとは近くないだろう。

そして、ランドウや「私」の恋愛は性欲レベルであり、死が背後にあるような重みを持っていないし[8]、生と死が拮抗するような「宿命」レベルまで深まってはいない。

情景―〈辺境・鶴町〉や〈こうもり〉の乱舞―や、ランドウと「私」の冒険が印象的であるとしても、登場人物たちの愛情の弱さ、そして、恋愛関係の浅さなどを考えると、作品「こうもり」の弱さが分かる。

注

（1）「ランドウ」という名前（また、カタカナ表記）は、当時としては日本人離れしている。彼の鶴町の冒険や恋愛に、西洋風の雰囲気を醸したいのかもしれない。少なくとも、「ランドウ」という名前は、彼の特異さを象徴していよう。

（2）作中に鶴町近辺の市電の記述があるが、該当の市電は昭和四十年に廃止された。そこから、「私」の回想は昭和三十九年までのものと考えられる。

（３）酒井英行『宮本輝論』（翰林書房　１９９８・９）

（４）『宮本輝全集』13（新潮社　１９９３・４）では、初出の本文から大きな変更があり、「洋子と私の物語」は削除されている。つまり、全集では「私とランドウの物語」だけになる。だが、二つの物語―「私とランドウの物語」と「洋子と私の物語」―の併存によって、作品「こうもり」の世界に、奥行きが生じているのも事実である。本章の考察は、単行本『幻の光』（新潮社　１９７９・７）の本文による。

（５）安藤始『宿命と永遠―宮本輝の物語―』（おうふう　２００３・10）

（６）本文の引用は、単行本『幻の光』（新潮社　１９７９・７）による。漢数字は章を、アラビア数字は単行本のページ数を示す。

（７）この場面で、酒井氏の言うように、二人が互いに「青い、『焼けつくような』情欲を嗅ぎ取りあっていた」面はあるかもしれないが、「私」の場合、情欲はそこまでは強くないだろう。（引用は、酒井英行『宮本輝論』（翰林書店　１９９８・９）による。）

それは、「俺がすんだら、コンスケもさしてもらえ」というランドウに対して、「前を行くランドウのがっちりしたうしろ姿が、何か恐ろしいものに見えてきた」や、「俺は、そんなことせえへんぞォ。ランドウだけがやったらええ。」（二・117）との会話からも分かる。ランドウは愛情よりも性欲が勝っているし、「私」はランドウよりも常識があろう。

（８）この点は、「錦繍」の有馬と由加子の恋愛を想起すれば、違いが分かりやすい。由加子は有馬と無理心中しようとする。それほど彼女は有馬を愛していたのだし、独占欲や孤独感も強かった。また、有馬は由加子の死に対して強い喪失感を持ち、彼の情念の中で彼女は生き続けている。

六　「西瓜トラック」

一　はじめに

「西瓜トラック」（『オール讀物』１９８０・８）は、主人公の「ぼく（土屋）」が現在と三年前の体験─西瓜売りのバイト─を語る短編である。現在の「ぼく」（十九歳）は、宝塚近辺の某市の役所に高卒で入り、年に数回、海辺に旅することを生き甲斐にしている。そんな「ぼく」が三年前、東舞鶴からやってきた若い男の西瓜売りを手伝ったことがある。その男との五日間の体験が作品の中心であり、その回想を挟んで現在の「ぼく」が描かれる。酒井英行氏が指摘するように、「西瓜トラックの男と共有したあの夏の日の、情念が激しく揺らいだ体験に、『ぼく』が立ち戻る、というように作品は展開している[1]」のである。

この作品では、西瓜売りの男や真夏の情景描写が印象的であり、男のアパートの女との恋愛（不倫）の実態が、男からの伝聞だけに曖昧であるが、かえって刺激的である。十七歳の「ぼく」は、男と女との不倫（肉体関係）に欲望を膨らませる。また、女との出会いが一回であるだけ、「ぼく」の想像（性的関心）をかきたてている。

西瓜売りの男と「ぼく」を見ていき、男たちの女への思いや女の描かれ方を考える。

二　現在の「ぼく」

「ぼく」は、地方の市役所（保険年金課）に勤める公務員である。そこは、「与えられたその日の仕事だけをこなしていけば、一生食いはぐれのない職場」（175）[2]であり、「役所で働く人たちは、みな他人には無関心で、仕事に関すること以外はほとんど口出しなんかしな」（175）かった。[3]そんな「ぼく」の楽しみは、年に二三回の海辺の村や町への旅行である。旅行中の「ぼく」は、次のように描かれる。

> （前略）そんなぼくが、リュックをかついで海辺にたどりついたとき、心にどんな烈しい歓びを感じ、どれほど甘い途方もない空想に酔い、生きていく勇気をたぎらせるかを、この世で誰ひとり知っている者はいない。（173）

十九歳の「ぼく」は他人から見て「ぱっとしない人間」だが、旅に出ているときは「烈しい歓びを感じ」、「生きていく勇気をたぎらせる」ように、生を強く実感している。その反動か、旅に出ていないときの「ぼく」は、地味な存在である。

そんな冬の日の昼休み、同僚の植草から、トラックでのセーターの安売りを知らされる。彼によれば、宝塚へ行く国道の交差点の南、「清龍園という焼き肉屋の隣」の「小さな空地」（176）に、トラックは停められていると言う。そこは三年前に、西瓜売りの男がトラックを停めていた所である。「ぼくは、きっとまたあいつがやって来たのだと思」（177）い、「地下の階段を駆け昇り」、「自分のバイクに乗って、国道を南に走って行」（177）く。

> もしきょう逢えなかったら、ぼくはあの三年前の夏の夕暮の、風で飛んで行ってしまった一枚の一万円札のことを、いつまでも忘れてしまうことはできないのだった。（177）

「ぼく」には、一万円を猫ババしたとの後悔の念や男に対する好意がある。

だが、トラックでセーターを売っていた「革ジャンパーの男」(178)は「あいつ」ではなかった。革ジャンの男に、彼(西瓜売りの男)の友人かと聞くが、「怖い顔で睨みつけ」られ、「ぼくは、どうもすみませんとつぶやきながらバイクにまたがり、慌てて市役所の道を引き返」(179)す。

午後の仕事中、「ぼくの心」に「東舞鶴の駅前通りの光景が重なり合」いつつ、「黒光りする背や肩をあらわにしたあいつが、西瓜を山積みにしたトラックに乗ってやって来るさまを空想」(179)する。「ぼく」にとって、東舞鶴は「寂しさ」の象徴であり、「あいつ」はそこの野性的な住人である。

三　三年前―男との出会い―

続いて、三年前の回想が始まる。三年前の夏休みに、「ぼく」は、近所のメリヤス工場でバイトをしていた。バイトからの帰り道で「凄い夕立ち」に遭い、「空地に停めてあるダンプの中に駈け込」む。「中で若い男が、シートにあおむけになって眠っていた」(179)。男は「ぼく」に色々な話をした後に、西瓜売りの手助けをしないかと誘う。西瓜が「全部売れたら一万円」ということで、「ぼく」はバイトを引き受ける。

翌朝から「ぼく」は、男の手伝いをする。彼は「並はずれて太く丈夫そうな首とぶ厚い胸を持ってい」て、西瓜を「ひとつだけ買っていこうとする客には、たとえば六百円のだと二つで千円というふうに売りつける」(182)ように、如才なさもあった。

午前中に西瓜は十四個も売れるが、男は昼から夕方まで、トラックから離れると言う。「ぼく」が文句を言うと、男は「そのためにわざわざ、おまえを雇うたんやィ」(183)と答える。昼飯を食べた後、「夕方までには帰ってくるからと言い残して、男は国道を渡り、田圃や畠のあいだを縫うようにして伸びている細道を歩いて行」き、

「古ぼけたアパートの階段を昇り、二階のいちばん北側の部屋のドアを叩いた。」(183)
男はその部屋に入り、「ぼく」は「耐えがたい熱気」に耐え、「西瓜が売れることよりも、いっときも早く陽が沈んでくれることを待った」(184)。男は三時ごろ帰って来た。
「ぼく」は、アパートに男が何をしに行ったのか、不審に思う。男は西瓜の売れ行きを「ぼく」に尋ね、下半身をバケツの水で洗う。「ぼくは見ないふりをしながら、横目使いに、そんな男の動作をうかがっていた」(184)。男が「ぼくの傍に横たわり、片肘をついて目を閉じ」る。「その顔は、はっとするほど幼いもので、まだ二十一か二にしか見えなかった」(185)。「毎日、あのアパートへ行くのん?」との「ぼく」の問いに、男は「あぁ、西瓜が売れてしまうまでなァ」と答える。

翌日も、その次の日も、男は昼食を済ませると、アパートの一室に消えて行った。そして必ず三時ごろになると帰ってきた。股間のものを濡れタオルでぬぐってから、ぼくのいる車体の下の日陰にもぐり込んで、西瓜を食べたり漫画の本を読んだりして、夕暮まで出てこなかった。(185)

西瓜は売れていくのだが、「男は日がたつにつれて不機嫌になってい」(186)く。

四　女と男、そして別れ

男と知り合って五日目に、アパートの女がやって来る。彼女は西瓜を売ってくれと言い、男は一番大きな西瓜を選んで渡した。「女がそっと男にささやいた声と表情は、ぼくにはなぜかひどく力のないやつれたもののように響」き、「ぼく」は、「いつまでも女の顔を盗み見ていた」(186)。「ぼく」が興味(性的関心)を持っても不思議はない。

女は痩せていて色が白かった。胸も尻も肉が薄く、ふくらはぎにはたくさん青い血管が浮き出ていた。顎も細く尖り、唇は細く、口紅も塗っていないのにそこだけぽっと突き出たように目立つのだった。だが、女は、やはり美しいと言える顔をしていた。(186)

彼女は痩せているが、美人で性的魅力がある。男と同じ東舞鶴出身で、結婚して眼前の古アパートに住んでいると、男は言う。そして、女は性的欲望の強い女性らしい。

「亭主より、俺のほうがええそうや」(中略)
「まい日まい日、俺の来るのを待っとって、抱きついて泣きよるんや」(中略)
「……のたうちまわって、泣きよるわ」
　男は低い声で、怒ったようにつぶやいた。(中略)
男の目は直射日光の下でぎらついていたが、それはやがて油をさしたようにどんよりしてきた。(187)

彼女について酒井英行氏は、「妻であることも、母親であることも忘れて、男の逞しい肉体に欲情し、性的に燃焼する女。女であることを、自ら性的身体にモノ化して、性的燃焼のみに自分を投げ出す女」とし、男については「そのような性的身体にモノ化された女と、逞しい肉体で、性愛関係を取り結び、女を性的に燃焼させる」とし、「ぼく」は「〈あいつ〉に代行してもらった、『ぼく』の(幻想の)性愛関係の欲望の形」[4]を持つとする。三者の性に関する情念や関係は、その通りだと思われる。

だが、男は心情的に満足していない。彼は「はっとするほど幼い」(185)イメージを持っているのに、女と会った後の彼の性器が「ふやけて、しかも爛れている」(184)とあるように、この恋愛には「爛れている」感じがある。そして、「低い声で、怒ったようにつぶやいた」り、「男の目」が「油をさしたようにとんより」するように、男には不満(怒りや虚しさ)があろう。

女は「子供の寝てる横で、夏が楽しみや、ああ、夏が楽しみや言うて、腰を使いまくりよる」(187)と、性的には満足しているが、男に対して深い愛情があるようではなく、男を性交の相手として見ている。

西瓜が残り少なくなり、「そろそろ店じまいしょうか」(187)と男は言う。「ぼく」は「割のいいらくなアルバイトだったが、なぜかひどく疲れてしまっていた」(188)。バイトの苦労よりも、男たちの不倫に疲れを感じたのだろう。

「ぼく」は男に、女との過去や今後を聞きたかったが、「頭上から襲いかかってくるすさまじい太陽に押しつぶされて、粟粒みたいな汗を体中に噴き出させたまま、男と同じように、ただ立ちつくして」(188)いた。

その後、男は、「ぼく」に約束通り一万円をくれたが、「ぼくは不思議な物憂さを感じ」る。報酬を得た満足感よりも、すさまじい暑さや男と女の不倫、そして「ぼく」の女への欲望というように、屈折・複合したものに疲れ、物憂くなったのであろう。

> そのとき強い風が走って行き、きれいに皺を伸ばして運転席の上に置かれていた紙幣の内の何枚かを飛ばしたのだ。ぼくも男も、宅地のうしろに拡がっている雑草の中を走った。(189)

二人は紙幣を探したが、一枚見つからなかった。「ぼく」は、セイタカアワダチソウの群落の中にもぐり込み、その奥に一万円札を見つけ、「あかん、一枚、飛んで行ってしもた」(189)と男に嘘を言う。男は、「しょうない、しょうない。お前、あとでもういっぺん捜してみィや。みつかったら、お前にやるわ」(189)と寛大であった。

「ぼく」は男の不倫に対する疲れや女への欲望から、そして男は不倫への後ろめたさや女への不満、そして「ぼく」への好意から、そういう言動を為したのだろう。

男は「ぼくの顔も見ず車を発進させ」、二人の間には、「さよならのひと言」(189)もなかった。

別れの後、「ぼく」は自転車に乗り家路を急ぐが、固くなった自分の「股間のもの」を「冷たい濡れタオルで包んで拭いてみたかった」（189）と思う。これは性交後の男の行為であり、「ぼく」の女への欲望や妄想の証拠であろう。女を挟んで、男と「ぼく」がいる。

五　現在の女と「ぼく」

その後、夏が来るたびに、「ぼく」は男のことを思う。「ぼく」は男に、一万円札を見つけたことと、あのアパートに女が住み続けていることを教えたかった。前者は後ろめたさからであり、後者は「ぼくには何となく、あいつとあの女が、もうまったくあれっきりになってしまったような気がするから」（190）である。

作品は、次の文章で閉じられる。

> ぼくはいつもの帰り道を、バイクでゆっくり走った。昼間停まっていた大型トラックの姿はもうなかった。走りながら、ぼくはあのアパートを見た。田圃の向こうで、潮鳴りみたいに風が巻き、女の部屋にだけ明かりが灯って、夜の海の沖合の、たったひとつきりの漁火に見えた。（190）

「ぼく」にとって、女は漁火のように眺める存在[5]であり、手に入る存在ではない。だが、今も見る女の姿や、男に聞いた女の性交時における姿態などの記憶によって、女は性的存在であり続ける。小市民たる「ぼく」の欲望（妄想）は持続する。[6]

それは、現在の無難で退屈な生活の中では忘れられないものであり、「漁火」のように闇の中で輝く。だが、漁火から連想されるのは海であり、本来の漁火のイメージの「女」は、東舞鶴のように「寂しさ」を内包していよう。[7]だが、アパートの女は性に惑溺していて、「寂しさ」はない。

元々「ぼく」は、風景の持つ「寂しさ」に惹きつけられ、「烈しい歓び」と「生きて行く勇気をたぎらせる」

（173）人間である。男女の関係が性的レベルに留まる限り、そこには生の「歓び」や「生きて行く勇気」は生じない。

この作品は、性への欲望とその限界を示している。確かに、男（女）たちは性に憧れ、時として溺れるが、それだけでは不満が生じ、精神的に「疲れ」る。[8]

この作品は、性的な女を登場させ、充たされない恋愛を描いている。そのため、女性が「蛍川」の英子のように輝くこともない。つまり、女と性を描き、性への牽引力を読者に感じさせる力があるが、「西瓜トラック」には、深い愛情は存在していない。「こうもり」と同様、愛と言うよりも、ここで描かれているのは、性が介在する男女の関係である。

注

（1）（4）酒井英行『女であること―宮本輝論―』（沖積舎　２００４・８）

（2）本文の引用は、『宮本輝全集』13（新潮社　１９９３・４）による。（　）内の数字は、全集のページ数である。

（3）作中の市役所の雰囲気は一昔前のものであり、それもかなり誇張されていよう。

（5）「漁火」は、「ぼく」にとって眺める存在である。それは美しいかもしれないが、手に入るものではない。そして、漁火＝女だとし、仮に彼女を手に入れたとしても、女の性情を考えると、性的快感は得ても、精神的満足は得られないだろう。

下手をすると、彼女は破滅をもたらす存在である。似たような存在として、「幻の光」で能登の海が見せる、死と裏腹にある〈幻の光〉が想起される。

（6）この点について、酒井英行氏は「〈あいつ〉の逞しい身体から解放された〈あの女〉と、〈あいつ〉に成り代わって、性愛関係を取り結ぼうとする欲求」を見ている。ただ、「ぼく」にそういう欲望はあるが、コントロールできないほどのものではないだろう。もし、コントロールできないものであれば、「ぼく」は女に対して何らかの行動に出ただろう。自分の求める恋愛とは違うと、「ぼく」は感じているではないか。

（7）「歓び」と「寂しさ」の共存する女性として、「錦繍」の由加子が連想される。彼女は東舞鶴の寂しさと、性的魅力を併せ持つ女性である。そして、彼女は即物的な性というよりも、もっと魅力的な性の持ち主である。
　また、西瓜売りの男も東舞鶴に住んでいて、寂しさと性欲が同居しているのかもしれない。そうだとすると、「錦繍」の有馬が中学生のとき、舞鶴において孤独と性的欲望を持っていたのと似ている。

（8）この点に関しては、「道頓堀川」の武内の鈴子への思いと似ていよう。彼は鈴子との性交で、「寂しい孤独感」を感じている。

七 「不良馬場」

一 はじめに

「不良馬場」(『文學界』1979・11)は、単行本『星々の悲しみ』(文藝春秋社 1981・4)に収録された作品である。因みに、宮本輝は昭和五十四年(1979年)一月に肺結核のため入院していて、「不良馬場」は退院(同年5月)後の第一作である。[1]

作品の発表が昭和五十四年十一月だから、作中の現在時間は昭和五十二・五十三年頃の五月と想定しても、大きくは外れないだろう。また、作中の主な場所は、寺井隆志が入院している病院(西宮)と、寺井と花岡勲が行く競馬場(仁川)である。

安藤始氏はこの作品を、「見る者と見られる者との両方の立場から書かれてい」て、「二人の友人の側から視点をひとつの作品の中で前後に二分して描き、最後にはそれをひとつにまとめるという方法を採ってい[2]」るとする。指摘の通り、この作品には二人の主要人物―花岡勲・寺井隆志―がいて、作品前半は、花岡の寺井への見舞いや二人で競馬場に行くことが、作品後半は、寺井の入院生活―同室の患者たちや花火見物のことなど―の回想に続いて、競馬場での最終レースでの出来事(馬券購入や馬の骨折など)が描かれる。

元々、花岡と寺井は友人として学生時代を過ごし、同じ会社(F商事)に勤務していたが、寺井の結核による二年間の入院によって、二人の状況に差が生じる。寺井は結核のために会社を休職し、西宮の病院で治療に専念している。対して花岡は社内で順調に過ごし、ニューヨーク支店転勤を目前にしている。そして、二人の関係を複雑にしているのが、花岡と寺井の妻（佑子）との不倫である。

以上のことを含めて、二人の心情や生き方に注目して、作品の特徴を考察する。

二 花岡―佑子との不倫―

佑子は寺井と数年前に結婚した後、嫁姑の仲の悪さや経済的な事情から、東京に残って生活していた。一年前に、花岡は「国電のホームで、佑子とまったく偶然に出くわし」（131）、会話を交わす。そこで花岡は、佑子の醸し出す「匂い」に誘われて、「軽いゲームに足を突っ込んでみる気」[3]になり、不倫関係に陥る。

いちどそうした関係ができたあとの、佑子の何もかも捨鉢になってしまった崩れ萎えていくように柔らかい、ぐにゃぐにゃの烈しい体を、花岡は容易にあきらめることが出来なかったのである。（中略）花岡は、遠く離れた関西の地で結核に臥す寺井のことを心に描きながらも、もうどうにでもなれという思いに突っ走っていく。（126）


花岡は友人の妻との不倫に心を痛めながらも、佑子の「ぐにゃぐにゃの烈しい体」に溺れ、「どうにでもなれという思い」になる。

実は、去年の秋、彼は寺井の見舞いのため西宮まで来たが、「不意に気持が臆して」（113）引き返す。「もしかしたら寺井は、自分と佑子の不実をも、ちゃんと知っているのではあるまいか」（118）と思ったからである。が、ニューヨークに行くことが決まり、佑子との不倫が終わるということで、寺尾を見舞うことになる。

しかし、病院で寺井と一緒にいるときですら、「佑子への烈しい未練」や「しばしば抑えようのない欲情」（126）を抱き、「佑子の体の感触が、花岡の皮膚の上を這っていた」（122）のである。

一方、寺井は佑子との電話で、彼女の「かすかな異変を感じ取」っていた。だが彼は、佑子の不倫相手が花岡だとは知らないし、佑子に、「思い切って問い糾してみる気にはなれなかった」(138)。それは彼が入院前のとがった性格から優しくなったことと、佑子を失うことへの不安によろう。[4]

三　寺井―患者たちと「トウホクさん」の死―

寺井にとって、結核(入院)は人生の挫折である。社内の出世も諦めざるを得ないし、治ったとしても病気の再発の可能性は残り、「一生、無理のきかない体」(122)になったのである。

花岡は病室で寺井と対面して、「二年間も横臥してきた寺井隆志の、ぬめるような目の光に驚」(116)く。長い入院生活が、寺井に「落ち着きと優しさ」(118)とともに、苦しみや悲しみを与えている。寺井は友人の来訪に二年間のことを話したくて、仁川の競馬場に行く。「競馬場という喧噪と静寂の不思議な反復で綾なされている孤独な広場に、わざわざ身を置いてみたかった」(132)のである。

競馬場で寺井は、「少しも気負ったところのない、たんたんとした口調で」、入院生活がマイナスだけではなかったことを話し始める。

「つい最近まで、俺は会社を辞めるつもりになってたんだけど、でも、もう一度、頑張ってみることにしたよ。」

(中略)

この二年間、いろんなことがあったんだぜ、と寺井は言った。(132)

彼が会社を辞めずにがんばろうと思ったのは、重症患者だった「トウホクさん」の死後、患者たちと行った花火大会(一ヶ月前)での体験による。

トウホクさんは「人に不快なものを与えるところがあった」故に、「重症患者でありながら、同病の誰からも庇ってもらえ」(137)ず、孤独であった。だが、程度の差はあれ、寺井たち（患者たち）も同じく孤独である。

ある朝、寺井はいつものように、貧しい朝食―食パンとマーガリン・牛乳―を食べているとき、自分は二年間、「高嶋さんは八年間も、二階のおばちゃんは十年間も」(138)同じ朝食だと思い、「いったいこの人たちは誰であろうかという思いにかられ」る。彼らは、

病気にさえならなければ、決して知り合うこともなかった縁もゆかりもない他人ではあったが、そのときの寺井には、それが単なる偶然であるとは思えなかったのだった。同じ病院の一室で、長い辛い日々を暮らすはめになることを、もうとうから約束しあっていた、深い間柄の人たちに思えて仕方がなかった。(138)

寺井にとって、病室の人たちは、結核で入院という点で同じ被害者であり、辛い日々をともに過ごすという点で仲間である。

その後、寺井がトウホクさんの病室に行くと、咳き込む声が聞こえてくる。寺井が「調子はどうだい」(139)と声をかけると、普段は無愛想なトウホクさんが、「しぼりあげるようなかすれ声で」、「わす、死ぬたくねえ」と言い、「涙をぽろぽろと流し、迷子の子供が親をさがすような仕草できょろきょろ部屋中を見廻」(139)す。寺井は「トウホクさんの初めて他人に見せた弱気な言動に、胸のふさがる思い」を持つ。

トウホクさんは、その日の午後三時に死んでしまう。トウホクさんの両目には、「ついにみつからぬ何ものかを懸命に捜し廻ったあとの、疲労と無念の思いが満ちているように思えた」。彼の苦しみや悲しみは、寺井や他の患者たちに無縁のものではない。寺井は「ずっと長いこと黙って天井を見つめ」、「深い悲哀感が、あとからあとから湧いてくる」(140)。

四　花火見物

トウホクさんの死を受けて、同室のケンちゃんが「なあ、花火大会に行けへんかァ？　ちょっとにぎやかに厄落としせんと、気が滅入ってしゃあないがな」(141)と言い、六人が行くことになる。

彼らは病院を出て、武庫川の土手を目ざして歩き、五十分後に着く。だが、「花火も、見物客らしい人通りもない、静かな闇だけが、前方にひろがっていた」(142)。

彼らは不審に思ったが、「季節外れの生温かい風が、ここちよいぐらいにそよそよと吹き渡ってい」(143)た。寺井は、二年間の入院生活による「喪失」に気づく。それは、

肉体の力でもなかった。気力でもなかった。自分を生かしている、何か巨大な力を、知らず知らずのうちに喪失してしまったように思えてきたのである。(144)

寺井は喪失感にひたり、他の人たちも川辺で無言であった。だがその状況は、高嶋が川に飛び込んだとの勘違いにより一変する。

そのとき、川下でどぼんという大きな音が聞こえた。(中略)

ややあって、おばちゃんが、

「あれ、高嶋さん、どこへ行ったんやろ」

と言った。そう言われてお互いの顔を確かめあっているうちに、ケンちゃんが悲痛な声で、高嶋さんの名を呼びながら、音の聞こえてきた方向へ走った。

「おっさん、飛び込みよった」

ヒデさんも、やにわに立ちあがって、ケンちゃんのあとを追った。寺井もそれにつづいて、草叢を走った。(145)

みんなが「予測もしなかった事態で動転」して、右往左往しているところに、高嶋が現れる。彼はみんなのために、パンやジュースを買ってきたのであった。

「花火大会はなァ、きのうや。それも子供騙しみたいに、十五、六発打ち上げただけで終りやて、パン屋のおばはんが笑とったがな」

「高嶋さん、どこ行ってたん?」

ケンちゃんの声が震えていた。そして両手で顔を覆って泣きじゃくり始めたのだった。(146)

みんなは、怒りながらも安心する。その後、みんなであんパンを食べたり、ジュースを飲んでいたが、おばちゃんの発作が起こりそうになり、帰路につく。

こうして花火見物は終わる。花火はなかった代わりに、彼らは生と死を見つめ、連帯感(絆)が強まっている。

五　競馬場にて―最終レースまで―

場面は、仁川の競馬場に戻る。

寺井はそこまで話し終えると、おだやかな口調で言葉をついだ。

「高嶋さんが、みんなのために、パンやジュースを買い込んで、真っ暗闇の河原の中からひょっこり現れたとき、俺の中から、何かが抜けて落ちたんだ。憑物が落ちたんだよ」(147)

何が寺井から抜け落ちたのか。彼に取り憑いていた入院生活(結核)による「不安・喪失感・悲哀感・激情」だろう。その代わりに得たのは、病気に負けずに生きて行こうとする「深い間柄の人たち」138)のくれた善意であり、「自分を生かしている」(144)力の再確認・獲得ではないか。

寺井は自分の胸の、病巣のある部分を軽く叩いて、にやっと笑い、

「こんなのに、やられてたまるかよ」

と言った。(148)

寺井は病気に負けず、「やられてたまるかよ」と生きようとしている。そして、最終レースで本命の五番を外して、一―三を買う。「まったく、人生、一寸先は闇だねえ」という花岡に対して、寺井は「……だから生きてられるのさ」(127)と、「にやっと笑って」言う。

対して花岡は、本命の一―五を買う。そこには、一枚の五百円紙幣を握りしめていた「みすぼらしい老人」の存在がある。花岡は「これほど哀しく萎えてしまった一枚の紙幣」と「かつてこれほど一枚の紙幣を、大切に握りしめている人間を、見たことはなかった」(130)。彼は老人が買う馬券(連番)を「知りたい衝動にかられ」、一―五の連番を見て、同じ馬券を買う。それは同情からではなく、自分(人生)への自信や「軽い挑戦のような気持」・「悪戯心」からであった。勝負は「死神のようなもの」の手に渡ったが、彼は自分の運の強さを信じている。

レースが開始され、六頭の馬が一斉に走り出す。五番の馬が一番手の馬(一番の馬)を二馬身近く離して、花岡たちの前を駆け抜ける。だがそのとき、「べしゃっと叩きつぶされるようにして、五番の馬がぬかるみに倒れ込」み、折れた左の前足が胸に突き刺さり、血が噴き出す。馬場のぬかるみが、惨事を招いたのである。(「不良馬場」という題名の直接の由来であろう。)

このアクシデントは、花岡にとって負けを意味する。「自分の持っている平凡であっても何とか順調といえるもの」が、「みすぼらしい老人」と同様に負けたのである。

対して寺井は、花火見物で「憑物」を落として、最終レースを当てたかもしれない。そうでなくとも、彼は

レースを楽しんだと思われる。

この二人の終わり方が、彼らの今後を暗示してはいまいか。寺井はやがて、結核が治癒し社会復帰し、会社や佑子ともそれなりにうまくやっていく。病院の仲間たちと生死をともにしたという体験や記憶は、今後の力となろう。「人生、一寸先は闇」だとしても、「だから、生きてられるのさ」と彼はポジティブであり、喪失から蘇生へと向かっている。

花岡は何事もなくニューヨークに転勤し、順調な人生を送るかもしれない。だが、彼の性欲や悪戯心は今後の人生にも登場しそうで、暗いものを漂わせている。

「不良馬場」は、二人の男の人生を、結核病院と競馬場という異なる場で交錯させて、一方で悪戯心や性に執着する生と、一方で仲間との絆を感じ、「一寸先は闇」だから「生きられる」という、喪失から蘇生する生を描いている。この作品の読みどころは、寺井の挫折（結核）から、連帯感によって復活（蘇生）する生だと考えられる。そして、佑子の存在は、男たちにとってプラスと言うよりも、マイナスのものとして描かれている。

注
（1）宮本の入院生活が、この作品に現実感を与えている。また、彼は競馬にも熱中していた。そのためか、作中の競馬の場面は鮮やかで、リアリティがある。
（2）安藤始『宿命と永遠―宮本輝の物語』（おうふう　２００３・10）
（3）本文の引用は、『宮本輝全集』13（新潮社　１９９３・４）による。（　）内の数字は、全集のページ数である。
（4）酒井英行氏は「大学時代からの友人である花岡が、寺井の入院後、二年間、一度も見舞いにも来ないことから、妻の不倫の相手が花岡であることをほぼ確信していた」とするが、それには疑問がある。もし、寺井が佑子の不倫を確信し、その相手を花岡だと思っていれば、寺井の言動の中にそれに対応するものがあろう。が、はっきりと対応するものは、本文中には見当たらない。

花岡に含むところがあるとしても、せいぜい花岡の友情の薄さを気にしている程度ではないか。花岡が見舞いに来られなかったことを詫びたとき、寺井は、「いいんだ、気にすんなよ。サラリーマンなんて、時間があるようで、ないもんなんだ」（115）と言う。

仮に、花岡が祐子の不倫相手と確信しているとすると、このようなセリフは言わないだろう。

（酒井英行『女であること―宮本輝論―』沖積舎　２００４・８）

八　「星々の悲しみ」

一　はじめに

「星々の悲しみ」[1]は、『別冊小説新潮』(1980・10)に発表された。作中の現在時間は昭和四十年の春から冬にかけてであり、二十歳で夭折した画家・嶋崎久雄の絵『星々の悲しみ』や友人(有吉)の死を巡って、「ぼく(志水靖高)」の思いが描かれる。

嶋崎の「百号以上はある大きな絵」(二・202[2])は、次のように説明される。

葉の繁った大木の下で少年がひとり眠っていた。少年は麦わら帽子を顔に載せ、両手を腹のところに置いて眠り込んでいるのである。大木の傍に自転車が停めてあり、初夏の昼下りらしい陽光がまわりを照らしている。さやかに風が吹いているのか、葉という葉がかすかに右から左へとなびいている。(二・202)

なぜ絵の題が〈星々の悲しみ〉なのか。主人公たちは様々な解釈を施していく。この作品は安藤始氏が言うように、「かつては理解できなかった絵の意味に気づくように、青春を生きる自らを知覚すると共に、生と死の在り方を認識する[3]」作品なのである。

「ぼく」は、嶋崎や有吉の死に対して、「生と死」を考えるが、死や虚無に飲み込まれない。中野和典氏が言うように、「虚無に回収されない生の在りよう[4]」が描かれている。饗庭孝男氏も、次のように言う。

「星々の悲しみ」にすぐれた結晶度をもって造型された夭折の「死」を中心に、これらの作品に占める「死」は、い

ずれも生きる懐しさとかなしみを透明なままに明らかにしていると言ってよい。（中略）
作者はあくまでさり気なくこの内なる「死」を生の表現の隠された「光」として用いているが、それはまた作品の純度をたかめ、曇りない星の輝きのような生の神秘をかいま見せて読者をうたずにはおかない。[5]

内なる「死」が「生きる懐しさとかなしみを透明なままに明らかにして」や、「生の表現の隠された『光』として用いられている」は理解できるが、「曇りない星の輝きのような生の神秘」[6]とは何か。また、そのとき死や生は、主人公たちにどのように関わっていくのか。

絵の解釈を含めて、友人の死を巡る「ぼく」の心情を中心にして、作品を考察する。

二　「ぼく」という人物

「ぼく」は、大学受験に失敗した予備校生でありながら、受験勉強よりも、図書館でロシア文学やフランス文学を読み耽っている。彼自身も自覚しているように、勉強そっちのけであれば、それは逃避である。「ぼく」は、自分を意思の弱い「ノルマから絶えず逃げていたい人間で、努力するための努力すら出来ない性格」[7]（三・222）だと分析している。（似たような自己批判は、次の章でも繰り返される。）また、彼の家は小さな文房具店を営んでいて、経済的理由から、次回受験に失敗したら就職しかないとも思っている。

そうであるのに、「ぼく」は受験勉強に専念しない。だから、「周期的に襲ってくるいつもの絶望感に包まれ」（三・222）る。医学部志望の有吉は、読書をやめて勉強するように忠告するが、「ぼく」はその反論として、読書の意義を思う。が、それとて大学に入ってからすればいいことであり、彼自身もそれは分かっている。そういう中途半端な位置に、「ぼく」はいる。（そういう「ぼく」が、有吉の死を受けて成長していく。）

三　『星々の悲しみ』の解釈

「ぼく」は高校二年生のときから、喫茶店「じゃこう」にある油絵『星々の悲しみ』に魅せられていたが、二年ぶりに友人の草間たちと訪れ、この絵の「不思議な切なさ」や「凄み」（二・203）を感じる。そして、「ぼく」が絵を欲しいと言ったばかりに、草間たちが盗んでしまう。「ぼく」ははあわてふためくが、「この絵はぼくのものになる」と思うと、「五年前、二十歳の若さで死んだ嶋崎久雄という画家が、いったいどんな青年であったのかを知っているような錯覚」を持つ。

健康に恵まれなかった彼は、二十歳になってすぐに重い病気にかかった。病床の中で、彼はしばしば高原の坂道を自転車でのぼって行く夢を見た。（中略）彼は哀しいイリュージョンをそのまま一枚の絵に封じ込めて、宇宙の中に還って行った。残された絵は、彼の遺志で、ぼくの手元に巡って来た。彼はあらゆるものの死をそのまま絵の題にしたのだ。星々の悲しみ、と。（二・209）

「ぼく」の解釈（「即興の物語」）は、「哀切と光輝とを充満させた一枚の油絵の前では、あまりにも幼稚で的外れ」（209）かもしれないが、それなりに説得力がある。有吉の「思いつきの推理」よりは具体的で、画家と描かれた人物（モデル）、そして「ぼく」との関係を作り上げ、一つの物語を作っている。

だが、「ぼく」の妹・加奈子の絵の解釈は違うものであった。

「こんな悲愴な絵、長いこと見てたら胸が詰まってくるわ」（三・220）

「悲愴よ。可哀そうよ。この人、木の下で死んでるんでしょう?」（三・221）

「私、やっぱり、自分の死んでる姿を描いたんやて思うなァ、この嶋崎久雄って人は」（三・221）

「ぼく」は、加奈子の解釈を「お前の頭はせいぜいその程度や。」と否定する。が、絵に詳しくない加奈子がそのように受け取ったのは、彼女の本質的な良さ―「ふくよかなところ」[8]（四・226）―によろう。それが、（絵画中の）死を直感させたのではないか。「ぼく」はやがて、有吉の死を経て加奈子と同じ解釈に到り、『星々の悲しみ』に描かれた青年を死者として、そして、その死者を有吉と想定する。

四　有吉の死と「ぼく」

受験勉強していた有吉が、「いやに腰がだるいんや。もう一週間ぐらいずっとつづいて、ぜんぜん治らへん」（三・219）と言い、「ぼく」に腰をもませるが治らない。「長い梅雨があけて、八月の半ば近くになっても、有吉の腰のだるさは治ら」（四・225）ず、九月になって入院し、「ぼく」は草間と二人で見舞う。実は、有吉は手遅れの癌であり、当人は「一種の神経痛みたいなもんらしい」（五・230）と思っていた。十月までは「変わったところは見られなかった」のに、十一月十日に見舞いに行った時に、「ぼくは有吉の病状が尋常なものではなかったことを知」（五・231）る。

たったひと月あまりあいだで、有吉は変わり果ててしまっていた。顔はふたまわりほど小さくなり、膝から下がむくんでいた。薄い胸の下に膨れた腹があった。ぶ厚い蒲団を掛けてあっても、有吉の体の異常さがうかがえたのである。（五・231）

有吉には、死の雰囲気が漂っている。彼はぼくに向かって、「……俺は、犬猫以下の人間や」（五・231）と言い、「ぼく」は驚いて、「なんで、そんなことを言うんや?」（五・231）と問う。

有吉はそれに答えず、深いため息をついた。（中略）ぼくは何かに祈りたかった。俺は犬猫以下の人間やと有吉がつぶやいたとき、ぼくは烈しい恐怖と憂愁に、夕暮の彼方から手招きされているような気持に包まれたのだった。逃れようのない決定的な絶望に勝つためには、人間は祈るしかないはずだった。ぼくが立ちあがったのは帰るためだと有吉は思ったらしく、初めて顔を向けて、「またな」と言った。ぼくがぼんやりと立ちつくしていると、有吉はもう一度、「またな」と言って、笑った。（五・232）

「ぼく」は、「烈しい恐怖と憂愁」に包まれ、「絶望に勝つためには、人間は祈るしかない」と思う。だが、顔をそむけていた有吉が顔を向け、「『またな』と言って、笑った」ことが「ぼく」を救う。（この点については、作品最終部で繰り返される。）

五　「ぼく」の感慨—祈りと悲しみ—

最終章は、有吉の死への「ぼく」の思いから始まる。

自分が、いままさに死にゆかんとしていることを知らないままに死んでいく人間などいない、とぼくは思う。そうでなければ、人間が死ぬ必要などどこにもないではないか。（六・232）

有吉は、自分が「死にゆかんとしていること」を知っていよう。

だが何のために、そんなことを思い知らなくてはならないのか、ぼくにはわからなかった。それを考えると、なぜかぼくは何かに祈りたくなるのだった。（六・232）

「ぼく」は、有吉の死に悲しみと憤り(9)を感じ、何かに祈りたくなる。それは死にゆく者のための祈りであり、生者のための祈りでもある。

有吉が死んだ後、「ぼく」の読書の目的が変化する。「ぼく」が探求したいのは、作家たちが何を書いたのではなく、「何を書かんとしたのか」である。だが、それは「死人が小説を書けるはずなどなかったから、ぼくが捜し出そうとしていたことは馬鹿げたお遊びに近かった」（六・233）。「書く」という行為を「生きる」まで広げれば、嶋崎も有吉も同様であり、そこに、死にいく者と残される者の悲しみがある。

六 〈星々の悲しみ〉と希望

有吉の死後、新聞に「消えた幻の名画」という記事が載り、「ぼく」は絵を「じゃこう」に返そうとして、古新聞で包装するとき、次のように思う。

ぼくは、結局いつかの加奈子の解釈が、いちばん正しかったのではなかったかと思った。加奈子は、麦わら帽で顔を覆って大木の下でうたたねしている青年を、死んでいるのだと思ったのである。絵の作者は、自分の死んでいる姿を描いたのだと。もし本当にそうだとしたら、この絵にもっともふさわしい題名は確かに「星々の悲しみ」以外ないではないか。ぼくは、葉の繁った大木の下に有吉を横たわらせ、そのとてもきれいな死に顔を麦わら帽で隠した。（六・238）

星々を見る者（生者と死者）の悲しみと、そういった者への星々の悲しみ。絵に即して言えば、生者と死者の相互の悲しみである。「ぼく」は絵の青年に、有吉を投影する。それは、有吉へのレクイエムでもある。

翌日の夜明け前、「ぼく」は自転車に絵を乗せていたとき、「有吉が言った言葉」―「俺は犬猫以下だという言葉」―を思い出す。

有吉はもうきっとあのとき、死を予感していたのに違いなかった。（中略）大木の下で青年が横たわっている、ただそれだけの絵があって、なぜその絵に「星々の悲しみ」という題がつけられているのか、ぼくには、はっきりわかる

　ような気がした。（六・239）

死にゆかんとする者に対して、できることは祈ることであろう。生者と死者たち。星々は沈黙の中にあり、祈りも沈黙の中にある。

絵を「じゃこう」に返し終え、「ぼく」は「有吉とまたどこかで逢えそうな気」がして、作品は終了する。

　有吉は笑って「またな」と言ったのだった。だからぼくは思った。もしかしたら、薄命の画家が「星々の悲しみ」の中にはめ込もうとして果たせなかったものを、さらにはこれまで読みふけった百数十篇の小説が、語ろうとしてついに語れなかったところのものを、ぼくはあの瞬間に、かすかに垣間見たはずではなかったかと。（六・241）

「またな」と笑う有吉の記憶が、「ぼく」に再会を予感させる。それは、油絵『星々の悲しみ』や小説たちが、「はめ込もうとして果たせなかったもの」であり、「語ろうとしてついに語れなかった」ものである。

死にいく者が再会を約束し、そして生者が死者を忘れない限り、再会の希望を与えられ、生者は癒やされる。

つまり、死者は生者の祈りの中で、死を超えていき、生者は死者を通じて生への希望を持つ。

十九歳の「ぼく」は再会を「かすかに垣間見」るが、死と生がそう違わないこと、そして、星々と我々は同じ存在であり、死者も生者も近い存在であることが作品に流れている。[10]

「星々の悲しみ」は、『星々の悲しみ』という絵や二人の若者の死を通じ、死を見つめ祈ることによって、生（希望）を感じさせる物語である。

注

（1）小説と作中の絵画とを区別するため、小説は「　」で、絵画は『　』で示す。

例・宮本輝「星々の悲しみ」、嶋崎久雄『星々の悲しみ』
（2）本文の引用は『宮本輝全集』13（新潮社　1993・4）による。（　）内の漢数字は章を示し、アラビア数字は全集のページ数である。
（3）安藤始『宿命と永遠―宮本輝の物語―』（おうふう　2003・10）
（4）中野和典「宮本輝『春の夢』論―『星々の悲しみ』『青が散る』との関係から」（「国語と教育」25号　2000・11）
（5）（6）饗庭孝男「解説」（文春文庫『星々の悲しみ』　1984・8）
（7）このような性格は「宮本輝の描く主人公に共通した性格」であり、「後のこの世代の若者たちに相通じているものであった」という安藤始氏の指摘は、その通りと思われる。（3）による。
（8）「道頓堀川」に、主人公・邦彦に対して、「寂しい顔だなと武内は思った。眉も太く、目も長く大きく、鼻筋もきちっと通ってやさしそうな顔立ちなのに、どこかに何か足らないものがあった。それが若さというものかも知れないと武内は思ったが、その足らないものがいったい何であるかを、彼は五十を過ぎてようやく知りかけてきてもいた。それは、ふくよかさであった。」（二・199）とある。この「ふくよかさ」が、加奈子のそれと重なっていよう。
（9）後日の草間との電話で、「ぼく」は次のように言う。

それから、ぼくはふいに感傷的になって、ほんの少しの間涙ぐんだ。「K大の医学部、絶対に通れよ。癌なんかやっつけてしまう医者になってくれ」（六・235）

また、『星々の悲しみ』を喫茶店「じゃこう」に返しに行くとき、五匹の野良犬に怯える加奈子に対して、「ぼく」は「五匹ぐらいが何や。有吉は癌にやられたんやぞォ。秀才で男前で、十九歳やったんやぞォ」（六・239）と叫ぶ。
（10）これらは、「錦繍」の主人公たちの宿命観や死生観と近い。この点については、酒井英行氏の論が参考になる。

酒井英行『女であること―宮本輝論―』（沖積舎　2004・8）

また、「錦繍」に描かれた宿命については、十三章「錦繍」を参照されたい。

九　「北病棟」

一　はじめに

「北病棟」は『野性時代』（1981・1）に発表され、単行本『星々の悲しみ』（文藝春秋社　1981・4）に収録された。ちなみに作者の宮本輝は、昭和五十四年（1979年）一月に肺結核のため入院し、同年五月に退院している。[1]同じ結核患者を描いた「不良馬場」（『文學界』1879・11）は退院後の発表であり、年以上経て、「北病棟」は発表された。両作品には作者の体験（結核による入院生活）が投影されており、作中の描写にリアリティをもたらしていよう。

語り手は「ぼく（尾崎）」（二十四歳）であり、作品は「ぼく」の闘病生活を中心として、「ぼく」と栗山（五十八歳・女性）との交流が描かれている。「ぼく」の病気への不安や苦しみ、そして回復への喜び、逆に、病気で死んでいく栗山（とその夫）の悲しみの描写は印象的である。だが、「不良馬場」のように、二人の人物（花岡・寺井）の体験や心情を合わせ鏡のように展開しているのではない。安藤始氏が言うように「この病棟で最後の二人となり、ここで死を待つ者と、ここから治って出ていく者の対比の物語」[2]である。

しかも、「ぼく」が栗山と出会った回数も多くなく、時間的にも短いことにより、二人の関係はそう密接なものではない。[3]そして、彼女の様子や病状の重さ（死の近さ）には哀切なものがあるとしても、彼女の（内面）描写は少なく、（作品後半の）彼女の死に近づいた様子も直接ではなく、夫からの伝聞による。

結核に苦しむ「ぼく」の状況を踏まえ、影絵（「宇宙の精力」）をする栗山を通じて、「ぼく」の栗山への同情を読み、「ぼく」の成長―人間の営みに癒やされ、明日を生きていこうとする―を考察していく。

二　「ぼく」の入院と馬野病院

「ぼく」が体の変調を感じ始めたのは、馬野病院に入院する半年前からであった。が、「入社してやっと半年が過ぎ」（266④）たばかりだったので、「ぼく」は「いやな不安を抱きながら病院にも行かず」（266）にいた。が、「年が明けて二月の半ばぐらいから、夕方になると軽い悪寒に襲われるようになった」。それでも、「病院に出かけていく決心がつか」ず、「一日延ばしに」していた。その結果、病状は悪化して、「両肺に病巣が拡がってしまう」（267）。

その後、四月十日に某病院に行き、結核の診断が下される。「ぼく」は「なんとか入院せずに治せないものか」と、「呼吸器専門の病院を二軒もはしごす」るが、二病院の所見も同じであったので、「ぼくは観念して入院の準備を」（264）する。

「ぼく」は、知人に紹介された馬野病院（西宮市）を訪れ、レントゲンを取ってもらう。院長は、肺に空洞がある断層写真を示しつつ、「一年は覚悟したほうがいいだろう」と言い、週に二回のストレプトマイシンの注射とヒドラジッドなどの服用を指示し、休職するための診断書を書く。「ぼく」は、同じ部内の先輩や同僚に「なぐさめとか励ましの言葉を受け」（268）て、四月十八日に入院する。

馬野病院は、かつては結核専門の病院であったが、結核が「あまり儲けにならない病気」（265）になったことで、胃腸科や外科などが主な病院になった。そのためか、「ぼく」が入っている北病棟は古い二階建ての建物で、

「ぽつんと忘れ去られたような」・「裏門の傍に建てられた小さなプレハブ」(265)であった。元々、北病棟には患者が七人いたが、二ヶ月のうちに六人が退院して、一階に栗山、二階に「ぼく」だけになってしまう。そして、「ぼく」と栗山が退院すれば、北病棟は取り壊される予定であった。北病棟での住み心地は、「薄い床から立居振舞いのほとんどが伝わって来る」ように、「どうにも居心地が悪い」(263)ものだった。

三　入院生活と栗山

入院して「ぼく」は、「懸命に治療に専念」する。「嫌いな物でも食べ」、「煙草もやめ」、「規則正しい生活」を送る。しかし二ヶ月経っても、「両肺の影はいっこうに変化」せず、「ぼくは愕然とし、それからずっと意気消沈して病室に閉じ込もって」(268)しまう[5]。患者のほとんどがいない状況の中、「ぼく」は孤独になる[6]。看護婦も週二日の注射時にやって来て、「そそくさと帰って行」(265)くし、中年の配膳婦もさっさと食事を置いて去っていく。彼女らが不親切なのではなく、結核が伝染病で、「わざわざ長居をしたいはずはない」(266)のである。院長も病棟を通り過ぎる際に、窓の下から声をかける程度であった。

六月のある薄曇りの日、「ぼく」は病院の庭に出て、「ときおり落ちてくる光を浴び」(266)、泉水の縁に腰掛け、「色褪せたプレハブの北病棟を見つめ」(264)ていた。

> 早く一日が過ぎて夜が来て欲しかった。そしてひと眠りの後、さっと朝が訪れてくれればいい。過ぎていく時間だけが最も効能のある薬なのだという思いが、ぼくをしばしば物憂くさせるのである。(266)

そんな「ぼく」の前に栗山が現れ、「ぼくを見て軽く頭を下げ」、「少し間をあけてから微笑」み、「『いつの間にか、二人だけになりましたねェ』そう言って、ぼくの横に座った。」(268)

彼女は二年前に大喀血をして心臓も悪くなり、ずっと臥せっていた。彼女が庭に出てくるのは珍しかったし、話相手のいなかった「ぼく」は会話を始める。

「外の空気にあたると、目が痛うて涙が出て来て……」と言う彼女に対して、「ぼくもこのごろ、宇宙の精力に圧しつぶされそうな気持になるんです。表に出て、お日さんにあたってると、頭がぼおっとしてきます。」(269)と答える。

栗山は「宇宙の精力ですか?」と言い、「大きく目を瞠き、厚い雲の張り出して来た空を」見上げ、

「ああ、宇宙の精力ですねェ。ほんまにそんなもんが、あっちこっちに見えてきますねェ」

栗山さんは口を軽く開いて、楽しそうに、空や雀たちや建物の屋根や、中庭に植えられた草花とかを眺め廻してから、ゆっくりした口調でそうつぶやいた。(269)

彼女は、酒井英行氏が言うように「『ぼく』が何気なく口にした言葉が、まったく異なった意味を帯びた言葉として聞こえたに違いない」、「彼女はその言葉から、別の大切な何かを深く感受した」[7]のであろう。

続いて、栗山は自分の病状について話し、「私みたいになったらもうおしまい」と言うが、それ以上のこと―例えば家族のことなど―は話さない。「ぼくは四十年近くも胸を病みつづけてきた婦人の横顔を黙って見つめ」(270)、彼女の鼻梁にあるそばかすに[8]、「あだっぽさ」と「切なさ」を感じる。

彼女は、自分の残り時間が少ないことを知っている。「尾崎さんは、ちゃんと治って出て行きはるやろけど、私がこの病院を出て行くときはねェ……」と言い、「ぼくは黙っていた。」(271)

「ぼく」の沈黙に、当惑とともに優しさがある。そして、「ぼく」の言った「宇宙の精力」に栗山が感銘を受けたことが、後に分かる。

四　栗山の影絵

彼女と会話して後、雨が降り続き、「ぼくはベッドに横たわって、ずっと雨を見て暮らし」ていた。あるとき窓の外に「傘をさした男の人（栗山の夫）」を見つける。「ぼく」は、彼が「烈しい雨の中で、なぜじっとたたずんでいるのかわからなかった」(271)ので、部屋を出て、階下の栗山の病室に行くと、「昼間だというのに蛍光灯の明かりが点いて、栗山さんらしい人影が映っていた」(272)。

栗山は、廊下にいた「ぼく」の存在に気づいて、「ぼく」と庭にいた夫を病室に招き入れる。彼女の病室の中には、「色とりどりのセロファン紙」があった。彼女は、「影絵を作ったんですよ。セロファンを使って。……色つきのきれいな影絵なんです」。そして、「その窓を舞台にみたてて、わざわざ主人に外に出てもろて私の創った劇を観てもろてたんです」と言った。

それは、赤や黄や青のセロファンとボール紙と細い棒とで作られた鳥や花や星や人間たちだった。棒を使って鳥のくちばしとか、人間の手足が動くように細工してあった。

「詩を書いたり、童話を創ったりするのが好きやったけど、もう長いこと遠ざかってたんです。それがこのごろ、こんなものでも自分で作ってみようと思うようになりましてねェ……」(274)

「ぼく」は、栗山と夫の心情を思い、「体をいっそうしゅんとさせて」(274)、病妻と夫の愛情に打たれる。「いつもは小刻みに息をして、青くむくんだ顔をうなだれている」彼女が、「妙に快活そうに振る舞い、夫にしなだれかかるようにして」、「劇の題、宇宙の精力っていうんですよ。」と言う。だが、その内容について「さっぱりわかりまへんなァ」と夫に言われ、「そらあかんわァ。人が観てわかれへんもんを創ったかて、しょうがないわねェ」(275)と答える。

「宇宙の精力」の上演は、彼女を一時でも元気づけ、病気や死を忘れさせ、かつての日常を再現させる効果があった。

五　夏の暑さ―「ぼく」の苦しみと栗山―

やがて梅雨が終わり、暑い夏がやって来る。冷房のない北病棟では、昼間の室温が三十六度を超え、「ぼく」を苦しめる。「ぼく」は差額ベッド代に対する意地で、「このあばら屋に住みついてやる」と決め、暑さに耐え、「ひたすら夏が去ってくれることを願う」(276)。

そんなある夜、「ぼく」は野球のナイター中継を見ていた。消灯時間になり部屋の電気を消すと、西宮球場と「白い大きな建物」(市立中央病院)が見え、「ぼく」は「ぼんやり眺め続け」、「なぜかしみじみとして来」る。

その病院は遠い背後から、大観衆で埋まった球場の光を浴びている。それを、ぼくは別の病院のベッドから見つめているのだ。ただそれだけのことが、ぼくの心をゆったりとさせてきたのだった。(277)

市立病院内の「たくさんの病人」と野球観戦の大観衆の存在が、「ぼく」に人間の存在(営み)を感じさせ、「しみじみ」と、また「ゆったり」とさせる。

だが、五日続きの熱帯夜が続いたとき、「ぼく」は暑さに耐えられず中庭に出ると、暑さにやられて「目を閉じて、額に腕を載せていた」栗山を、別の病舎に移している場面に出合う。夫は「『長いこと、お世話になりました。』」と頭を下げ、「恢復は難しそうだ」(278)と告げる。

「ぼく」は藤棚の下に座り込み、ナイターの光と市立病院の灯を見ていた。やがてナイターが終わり、「夜空がふっと黒くな」る。そのとき「巨大な市立病院の外郭が、その瞬間紅炎に包まれるように閃」く。

目の錯覚だったのだろうが、ぼくには色あざやかな影絵が、夜空に浮いて出て、ぱたんと倒れたような気がしたのである。(279)

それは栗山の影絵からの連想や彼女の死の予感でもあり、彼女へのレクイエムでもあろう。

その後、「ぼく」はストレプトマイシンの副作用―「誰かがじっとひそんでいるみたいな、音ともつかない音が耳の奥に流れている」―に耐えながら、「じっと秋を待」(279)つ。そして、秋の気配が見えてくるようになった頃、「ぼく」は寂しさに耐えられなくなる。

栗山の死の予感と孤独感が、「ぼく」を精神の限界に近づける。

六　結核の治癒と栗山の死

九月のある日、「ぼく」は久し振りに、胸のレントゲンを撮る。その結果、結核が治り始めたことが分かる。院長からそう告げられたとき、「ぼく」は「心を込めて」礼を言い、すぐに母に電話をかけ、「小走りで北病棟に帰って行」く。すると、栗山の夫が洗濯物を干していた。彼女の具合を聞くと、「もうあと一、二日じゃないかって言うんですよ」(281)と答える。「ぼく」はしばらく無言でいて、彼女の影絵「宇宙の精力」のあらすじを尋ねる。彼女がどういう思いを込めたかを、知りたかったのである。だが、彼は「ぜんぜん覚えてませんねェ」(282)と言う。「ぼく」と夫との「影絵」(栗山作)に対する思いの差であり、酒井英行氏が言うように、「この夫にも、この人の人生(生活)というものは当然あるはずであり、妻と常に以心伝心の一心同体というわけではない」[9]のである。「ぼくはもっと何か言おうとしたが、言葉が出てこな」(282)くなり、自分の部屋に戻る。だが、病気の完治は「ぼく」を明るくさせる。

完治するまであと四ヶ月はかかり、「その寂しさを思うと逃げ出したい気持」になるが、「抑えようのない嬉しさが、ひきしめてもひきしめても、ぼくの表情をゆるませる」（282）。そして、「ぼくはじっとしていられなくな」って、もう一度中庭に降りる。

> 空を見上げると、陽を受けた飛行機が一機、青い空の中を飛んでいた。その眩ゆい銀色の光を見て、ぼくはあんなところにも、たくさん人間がいるのではないかと考えた。（282）

空の上の飛行機は、去っていく（死んでいく）栗山を連想させる。だが、そこ（空中）にも人間がたくさんいる。人間の存在（営み）が「ぼく」を癒している。

作品は、「ぼくは中庭で幾度も屈伸運動をしてから再び病室に帰り、夕方まで眠った。」（282）という一文で終わる。ここには「ぼく」の希望があろう。栗山の死が近いときに、「ぼく」に嬉しさが強いのは、彼女のことは彼女の夫が担っているからであり、「ぼく」と栗山の交流がそんなに深いものではなかったためであろう。仮に、彼女の創作影絵「宇宙の精力」のあらすじを知っていれば、彼女と「ぼく」の間はもっと近づいたかもしれない。

栗山と「ぼく」は、同じく「宇宙の精力」に臨みながらも、「ぼく」は人間世界に還っていこうとしており、彼女は病院（生の最終場所）からも離れようとしている。

この作品は、生（ぼく）と死（栗山）の両存在を、自然描写や結核病棟の情景と絡ませて描いている。「ぼく」は病気による孤独や苦しみに耐え、栗山の生の営み（影絵）に感銘を受けつつ、市立中央病院の入院患者たちやナイターの観衆の存在を思い、彼らの存在（営み）に心を癒される。現実（病気）から逃げていた「ぼく」の成長である。「ぼく」は栗山の死を受け止め、明日を生きようとする。

今後、生者（「ぼく」）は死者（栗山）と会うことはないが、「ぼく」の記憶の中で、彼女は在り続けていくだろう。死にゆく者との遭遇を、生者の視点から描いた作品として、「北病棟」はある。ただし、「星々の悲しみ」にあったような深い思い、即ち、死者からの癒やしや生者の祈りはないが、死にゆく者の悲しみと生者の喜びが語られている。

注

（1）『宮本輝全集』14（新潮社　1993・5）の「年譜」によれば、「一月、肺結核と診断され、伊丹市立病院に入院。同月、西宮市の熊野病院に転院。五月、退院。以後、自宅療養を続ける。」とある。

（2）安藤始『宿命と永遠―宮本輝の物語―』（おうふう　2003・10）

（3）ただし、これは「不良馬場」の結核患者たちと比べてのものであり、酒井英行氏の言うように、「『ぼく』は同じ運命に苦しめられ、共に闘う同志のような連帯感を、栗山さんに対して抱くようになっている」のも事実である。
（酒井英行『女であること―宮本輝論―』沖積舎　2004・8）

（4）本文の引用は、『宮本輝全集』13（新潮社　1993・4）による。数字は全集のページ数である。

（5）対して、「不良馬場」の寺井には、同室の患者たちとの交流があり、彼らとの生活や連帯感によって、病気に負けまいとする生きる力を得ていく。

（6）酒井英行氏は「ぼく」について、「ある意味では、子供の生を生きている未熟な青年と言える」とする。そういう「ぼく」が病気や栗山と出会い、孤独や病気の苦しみを経て成長していく。「北病棟」の特徴の一つであろう。
（酒井英行『女であること―宮本輝論―』沖積舎　2004・8）

（7）注（3）による。栗山の感じた「宇宙の精力」と近いものとしては、例えば「不良馬場」で、寺井が感じる「自分を生かしている、何か巨大な力」（144）が想起される。

（8）そばかすで連想されるのは、「幻の光」のゆみ子である。だが、ゆみ子のそばかすに、周囲の男性たちは「あだっぽさ」は感じても、「切なさ」は感じないだろう。むしろ、彼女の存在の「謎」や彼女の隠しているものを感じたのかもしれない。

栗山は四十年間も、結核により普通人の生活が送れなかった。「ぼく」が栗山のそばかすに切なさを感じるのは、「ぼく」の優しさを示していよう。
（9）注（3）による。

十　「小旗」

一　はじめに

「小旗」（『世界』１９８１・１）は、語り手の「ぼく」が、父の死や小旗を振る若者との出会いを語る短編である。梗概を言うと、「ぼく」の父親は事業の失敗から家を出て、別の女と暮らしていた。「ぼく」は大学に行きたくて、父親に大学の入学金を出してもらったが、父は会うたびにみすぼらしくなっていった。その後、父は脳梗塞で倒れ精神病院に入院した後、死んでしまう。父の遺体があるＳ病院を訪れた「ぼく」は、途中の道路で交通整理のために、一心に旗を振る若者を見て感銘を受けるという話である。

作品は「ぼく」が大学に入る頃から始まるが、父親の危篤・死の二日間が中心である。酒井英行氏が「小説というよりも、エッセイにより近い作品だと言う他あるまい[1]」と指摘しているように、「ぼく」や父母の内面が十分に描かれておらず、作品の後半に登場する旗を振る若者が、「ぼく」が思うほど重要な存在に感じられない。つまり、若者への「ぼく」の感動が、それほど説得力を持っていないのが、この作品の弱点である。

父の死から若者との出会いによる、「ぼく」の心情の変化を中心にして、作品の特徴を考える。

二 「ぼく」と父

作品は、「父が精神病院で死んだ」(285[2])という一文で始まる。だが、「ぼく」は父の「危篤の知らせを受けてからも」、「パチンコ屋で閉店まで玉をはじいてい」て、「死に目に逢いたいとは思わなかった。」(285)ここからも分かるように、普通ではない父子関係が推測される。

その後、「ぼく」はアパートに帰り、母から父の死を知らされる。「ぼく」は「ひとりで、寂しい通夜をしているだろう母のことを思」うが、大阪市郊外のS病院までのタクシー代を払う余裕がなく、明朝行くことにする。続いて、父の回想が始まる。父とは「四年近く、別々に暮らしていた」(287)。それは、事業の失敗による父の逃亡故であった。父はそれまで「何度も事業をおこして、そのたびに失敗して」、「ぼく」と母は後始末に追われ、「精も根も尽き」果てていた。

ある日、隠れていた父親から手紙がきて、「ぼく」は会いに行った。そのとき「ぼく」が大学に行きたいと言うと、父は「行かしてやりたかったけど、もう俺にはそんな力は失くなってしもた。堪忍してくれ」と言い、「かつて見せたことのない弱々しい笑みを浮かべ」(288)る。

父は「ぼく」に五万円を渡し、「俺ももうじき七十やとつぶやいて」、「通りを急ぎ足で遠ざかって行った。」(289)「ぼく」は父の後をつけ、近くのアパートに住んでいることを知り、その二ヶ月後、父に偶然会った母が、父が女と住んでいることを突き止める。

父と若い女との同棲は、妻と子に衝撃を与える。「ぼく」の中の父親像が崩れていき、母はその後、阿倍野の食堂で働くようになる。

その後、「ぼく」は私立大学の入学金のあてがなく、父のアパートに行き、金のことを頼んだ。父は突然の息子の来訪に「滑稽なくらい」驚くが、金の件についてはあっさりと承諾し、誰からか借りようと言った。そのとき、「父が口を開くたびに大蒜の匂い」(291)がした。

五日後、父は入学金を渡してくれた。その日も大蒜の匂いがしていて、「その匂いが、父を別の人に変えていた」。「ぼく」は「もうこれで二度と父とは逢いたくない」(291)と思う。薄情さと言うよりも、母と自分を捨て、別の女と暮らしている父への屈折した感情故であろう。ここには酒井英行氏の言うように、「いい年をして、愛欲の妄執のとりこになっている父への嫌悪感も加わったに違いない[3]」。が、憎しみまでには至ってはいないだろう。借金取りに追われ苦しい日々を過ごせば、感情がささくれても不思議はない[4]。

その後、父は年に二三回やって来て、「ほんの短い時間」を過ごし、「人目を忍ぶようにして帰って」(291)いたが、「四ヵ月前の寒い夜」(292)にやって来て、脳溢血で倒れる。

三　父の入院と三角関係

昏睡状態の父を病院に連れて行き、父と同棲していた女に連絡する。女は「三十五、六歳の小太りの女」(290)で顔の片方に火傷があった。父に昔、世話をしてもらったらしいが、今は父の無収入により、縫い物の賃仕事で父を養っていた。

父は三日後意識を回復したが、右半身が麻痺してしまった。最初のうちは女が世話をしていたが、だんだんと遠のいて病院に来なくなり、母と「ぼく」が父に付き添うようになった。父は廻らぬ口で怒鳴ったり物を投げたりして、周囲に迷惑をかけるようになった。父は「三角や、三角や」(293)と濁った声で叫ぶが、その意味が

「ぼくにはわからなかった」(293)。それは、女の浮気(三角関係)を指していた。同室に入院していた男と、女は関係を持ったのである。やがて父は女に捨てられて、「ぼく」は切なさを覚える。

それ以後「父はますます暴れるようになり」(294)、病院側から出て行ってほしいと言われる。金のない「ぼくたちには、他に適当な方法」がなく、父を無料の精神病院(S病院)に転院させる。父親の危篤の報に接して、すぐに駆けつけなかったのは、母子を捨てた父への屈折した思いとともに、入院先が精神病院だったことも関係しているかもしれない。[5]

四　S病院へ

場面は現在に戻り、「ぼく」は昼近くに地下鉄で難波に出て、南海電車に乗り換えた。「沿線のところどころには陽を受けて散っている満開の桜が並んでい」(294)て、「ぼくは電車の窓から、春の陽と桜を見ていた」。自然の美しさと対照的な「ぼく」の虚脱感や喪失感が揺曳していよう。

S病院のあるG駅に着いたのは、午後一時前だった。「ぼく」は駅前のバスに乗り、「ぼんやり前方を眺めていた」(294)。バスが繁華街を過ぎると、田圃や菜の花畑が見えてきて、緩いカーブの登り道を昇っていった。すると、「ぼくの視界に、赤い小旗が入って来」て、「小旗は力いっぱい振られてバスに停車を命じていた。」(295)

小旗を振る青年は、「俊敏な動作」・「直立不動の姿勢」とあるように、その真面目さが印象的である。ただし、「着ている制服は大きすぎて袖丈が長く」(295)と、その風体の奇妙さも示される。

その後、「坂を下ったところでぼくはバスから降り」、S病院に向かった。

「ぼく」が入り口で名前を言うと、婦長が出てきて、「ぼく」を父の遺体のある部屋まで案内した。部屋の中で

は、「母が、部屋の隅の長椅子でまどろんでいた。」(295)

母は役場に行って、火葬許可書を取ってきてほしいと、「憔悴した口調」で「ぼく」に頼む。「ぼく」は病院の事務室に行き、死亡証明書をもらい、外に出てバスに乗ると、また、赤い小旗を振る青年が見えてきた。

青年はぼくと同じ歳格好だった。ずんぐりむっくりした体の上にアンパンみたいな顔が載っていた。彼は道に真っすぐに立ち、片時も油断のない目で、バスのやって来るのを見張っているのだった。バスの姿をみつけると、即座に対向車に向かって小旗を振るのである。それも何事が起こったのかと思えるほどに、強く懸命に、ちぎれんばかりに小旗を振るのだった。(296)

彼の仕事ぶりは一生懸命であるが、「ずんぐりむっくりした体の上にアンパンみたいな顔」とは笑いを誘うし、「強く懸命に、ちぎれんばかりに小旗を振る」あたりはどこか異常なものを感じさせる。

市役所からの帰りにも、「ぼく」は青年を見ようとする。「ひとりの人間に、かってそんなにも魅かれたことはなかった」からである。青年は「一瞬たりとも気をゆるめていない峻厳な動作で小旗」を「烈しく振」(297)っていた。あまりの打ち込みぶりに、彼を「もしかしたら狂人ではないだろうか」(299)と、後に疑うほどであった。安藤始氏は「交通整理のために赤い小旗を振る青年を見せて、死の意識よりもむしろ生の烈しさを示し[6]」たとする。確かに、「ぼく」の意識は「死」から「生」へと変化していくが、青年に感動するかどうかは人によって違うだろうし、場合によっては、滑稽感や不気味さ(異常さ)の方を感じるのではないか。

五 病院にて

病室に帰ると、「ふたりの男が父の体を拭いてい」(297)た。「ぼく」は葬儀屋の人と思っていたが、実は病院の患者たちであった。「ふたりとも仕事を与えられたことが嬉しい様子で、並の人間なら決して引き受けたくない作業に、嬉々として取り組んでい」た。

「ぼく」と母は病院の庭に出て、周囲の景色を見る。「まさか、こんな辺鄙なところの精神病院で死のうとは、お父ちゃんも考えもしてなかったやろなァ…」(298)との母の言葉に、「ぼく」も「うん、そうやなァと返事しながら、笑顔をつくって花壇」を見る。[7] 二人は「長い時間、無言で日なたぼっこをしていた」。そこに、看護婦に引率された患者たちがやって来る。一人の患者が弾んだ声で、「ここの病院、なかなかモダンな建物やなァ」と言う。それを受けて、別の患者が次のように言う。

「そやけど精神病院やからなァ。こんなところに入院してるのかと思われると、かっこ悪いがな。病院の看板から、精神科っちゅう字を削ってくれへんかなァ」

「しょうがないがな。わしら頭おかしいんやから」(298)

精神科に入院していることを、「かっこ悪いがな」と言いつつも、「わしら頭おかしいんやから」と、彼らは自分たちの病気を自覚し受け入れている。「彼らはそれを知りながら、その世界で生きている」[8](安藤始氏)のである。

彼らに対して、「気楽なこと言うてるわ」との母の言はその通りだが、「ぼく」は「そのにぎやかな一団のあとを見つめつづけ」(299)る。現実を受け入れている彼らの姿に、「ぼく」はある種の感動を得たのではないか。[9]

そして、「ぼくはふと、赤い小旗を振っていた青年」も、「もしかしたら狂人ではないだろうかと思」[10]う。患者たちと小旗を振る青年は、与えられた仕事(状況)を受け入れている。特に、青年は自分の仕事に真摯に対応している。それは「ぼく」との違いであり、彼らへの感動が、父親の人生や死への受容と通じていよう。

六　青年と「ぼく」

空腹を訴えた母のために、「ぼく」は病院の近くの寿司屋に行き、もう一度青年の仕事ぶりを見に行く。青年は「道の端に直立不動で立っていた。」

> 青年の顔が、何かの漫画の主人公に似ているような気がして、ぼくが思い出そうと頭を巡らせ始めたとき、青年は猛然と旗を振りだした。坂道の頂点でバスの屋根が光っていた。青年の仕草があまりに烈しかったので、停車を命じられた対向車が急ブレーキをかけ、運転手が窓から顔を出した。
> 青年は、全身全霊を傾けて、自分の仕事を遂行していた。(300)

青年の真摯さは分かるものの、その姿—「猛然と旗を振りだした」や「全身全霊を傾けて」など—はいささか異常ではないか。「ぼく」が、青年は狂人ではないかと疑ったのも無理はない。だが、それほどの仕事ぶりであるからこそ、「ぼく」に感動を与えたのだろう。

> 赤い小旗が振られるたびに、ぼくは何もかも忘れて、青年の姿に見入った。そうしているうちに、父が死んだことが、たまらなく哀しく思えてきた。ぼくは、父の死に目に立ち会わなかったことを烈しく悔いた。(300)

「ぼく」の後ろめたさや罪悪感、そして父を亡くしたことへの悲しみ、それらは、青年の真摯な行動により解放[11]される。つまり、「ぼく」の心が、普通の状態に戻ったのである。

> ぼくは踵を返して、S病院に帰って行った。歩いて行くぼくの心の中で、色褪せた赤い小旗はいつまでも凛々とひるがえっていた。(300)

青年の持つ赤い小旗が、心の中でいつまでも「凛々とひるがえっていた」と表現され、ぼくを元気づける。

こうして作品は終わるが、「ぼく」の感動に、どこまで読者が納得するかは疑問である。[12]

以上のように、「小旗」は、父の死をはさんで「ぼく」と青年がいて、「ぼく」の思いが語られる。つまり、作品は、父に屈折していた「ぼく」が父の死を経て、(患者たちや)小旗を振る青年の真摯な態度によって、感動を覚えて勇気づけられる姿を描いている。しかし、人生への応援が、この作品にはあるのは確かだとしても、青年の笑いを呼ぶ容貌や狂気を感じさせる行動、そして、主人公の感動が危ういバランスの上にあるのも事実である。

注

(1)(3) 酒井英行『女であること―宮本輝論―』(沖積舎　2004・8)

(2) 本文の引用は、『宮本輝全集』13(新潮社　1993・4)による。( )内の数字は全集のページ数である。

(4)「ぼく」が父を憎んでいないのは、最終場面で、旗を振る青年の真摯さに感動して、父の死を悲しみ、自分の不人情さを後悔することからも分かる。

(5) この小説が、今から三十年以上も前の昭和五十年代のものであることに注意しなければならない。当時の精神病院への偏見は、現在よりも強かった。

(6)(8) 安藤始『宿命と永遠―宮本輝の物語―』(おうふう　2003・10)

(7) 酒井英行氏は、ここに「長い間、自分たちを苦しめてきた父親(夫)。その父親の死がもたらした安堵感、解放感のような雰囲気が母子の間に漂っているであろう」と指摘する。確かに「安堵感」や「解放感」があるが、母子に、「長い間、自分たちを苦しめてきた父親(夫)」に対する憎しみの念はそんなにないだろう。「ぼく」は小旗を振る青年を見た後、「父が死んだことが、たまらなく哀しく思えてきた。ぼくは、父の死に目に立ち会わなかったことを烈しく悔いた。」(300)とある。「ぼく」は父の死に対して、悲しみや自責の念も感じている。

引用は、注（1）による。

（9）ただし、「小旗」の場合、外から患者たちを見ているのであって、「不良馬場」の主人公のように、同じ病気で苦しむ患者たちに感じるような連帯感はない。

（10）この点に関して、桐山知彦氏は「小旗の青年は精神障害を思わせる。うまく仕事を成し遂げているとは言いきれない」と指摘している。傾聴すべき意見だと思う。

（桐山知彦「文学にみる障害者像　宮本輝著『小旗』」『ノーマライゼーション』31（8）2011）

（11）この点に関して、桐山知彦氏は次のように言う。

「ぼく」はなぜ悲しみがこみ上げてきたのであろうか。私にはその理由が分かるような気がする。私は入院患者からいただいた一枚の絵を見るたびに、彼の眼差しとその姿勢を思い出し、自らについての反省が促される。彼のひたむきさが私の内省を促すのである。

指摘のように、人間の「ひたむきさ」は他者の感動（反省を含む）を呼ぶ傾向がある。引用は、注（10）による。

（12）後年の作品「五千回の生死」では、小旗を振る青年に似た男が登場する。両者ともいささか変わった容貌であり、狂気が感じられる。しかし、「五千回の生死」では、主人公と男との冒険が描かれ、男とともに、主人公も再生の喜びを実感する。「小旗」の「ぼく」と青年の間には、そういう交流はない。「小旗」の作品としての弱さだろう。

十一　「五千回の生死」

一　はじめに

「五千回の生死」（『文藝』1984・1）は、語り手の「俺」―東京の小さな設計事務所経営者―が、大学卒業後十二年ぶりに出会った旧友に、過去の奇妙な体験を語るものである。

話の中心は、作中の現在から十四年前の冬の夜に、「俺」が出会った奇妙な男との冒険（堺市から大阪市までの自転車によるもの）であり、「俺」は「深夜、その男の自転車の後ろに相乗りし、疾走する」[1]（芝田啓治氏）。この男との「疾走」が作品の読みどころの一つであり、彼らの大阪弁が「リズミカルでコミカル」[2]（荒川洋治氏）で、作品を魅力的にしている。

ただし、作品には様々な疑問がある。なぜ男は見も知らぬ「俺」を自転車に乗せ、大阪まで送ったのか。そして最大の疑問は、男の語る「生と死」についてである。その原因や背景などは不明であり、男の生死の目まぐるしさはやはり普通ではない。

だが、分からないとしても、「俺」と男との生死をめぐるやり取りは印象的である。それは、「何か、深い深い穴の縁に立って、ちらりとその奥をのぞきこんでしまったような感覚[3]」（角田光代）とは対極の、ある種の「救い」を読者に感じさせる。

安藤始氏は次のように言う。

宮本輝はその小説の中で、生きることへの希望や生きることを目指す人物の逞しさを書いていたが、『五千回の生死』はその生きることとの意味を具現化してくれる者そのものを提示していた作品であり、まさしく主人公にとっては「神々しい」もの、そして奇異なるものとの出逢いが書かれていた。この不思議な人物の存在と、この人物が語った言葉の持つ意味は大きい(4)。

安藤始氏の言うように、この作品は「生きることへの希望や生きることを目指す人物」の路線に、「生きることとの意味を具現化してくれる者そのものを提示し」ており、「彼が語った言葉の持つ意味は大きい」と言えよう。つまり、この作品は初期作品の一つの到達点としても読めるのである。

まずは「俺」の状況をおさえ、メインである男との冒険(自転車行)や、男の見せる「生と死」を、そして、作品のメッセージを考える。

二 現在と十四年前の「俺」—冒険の始まり—

現在の「俺」は、大学を卒業後、東京で小さなデザイン事務所を経営している。妻子が里帰りしている夜に、「景気、よさそう」(369)(5)な旧友が訪れる。その訪問はダンヒルのライター欲しさなのだが、「俺」は「気持よく酔って、しかもお前みたいな話し相手」を得て、「とっておきの話」(370)を始める。

話の発端は、十四年前の父の死と形見のライターであった。ライターを見た友人(旧友)は五万円で買おうとした。金が「喉から手が出るくらい欲しかった」にも拘わらず、ライターに「誰にも言えない親父だけの思い出があるんじゃないか」と、「俺」は断わる。

だが数日後、金に窮した「俺」は、ライターを「お前」(堺在住)に売ろうとする。朝から牛乳一本しか飲んでいない「俺」には、片道の交通費しかなく、夜の八時過ぎに大阪から堺に行くが、「お前」は、一家揃っての九州旅行のため不在であった。「俺」は「何か凄く腹が立」ち、駅長に金を借りることも、質屋に行くことも止め、「チクショウ、死んだって俺は歩いて帰ってやらあ」(373)と、歩いて家に帰ろうとする。

三 「男」との出会い

その夜は、「大阪が零下五度以下になった」(377)酷寒の夜だった。「俺」は空腹を抱えて歩いたが、「時間の感覚も方角の見当もつかなくなって」、「ただひたすら歩いてる死人みたいだった」(374)。しかも、道を間違えて、大阪とは反対方向に歩いていたのに気づき、「うめき声をあげて引き返」す。それでも「俺」は、「国道二十六号線は一本道で、難波までつづいているんだ。ああ、なんでもええ、この道を歩いて行ったらええんや。」(374)と思ったが、頭の中で地図(帰路)を描き、不安になる。

この調子で歩いたら、俺は明け方か、そのちょっと前ぐらいに花園町を通らなあかんのや。花園町やぞ。あの釜ヶ崎のある花園町や。

こんな寒い日の明け方は、必ず道端で何人かが凍死してる花園町のど真ん中を通るんや。死んでも歩いて帰ったるっちゅう決心がぐらついてきよった。(374)

そのうちに、自分のあとを付けてくる自転車の男に気付く。「俺」は不安になり、ソフトボールほどの石を拾い握りしめる。

「俺」は男に、「なんで、俺のあとを尾けて来るねん。(中略)どっかへ行ってくれよォ」(375)と言う。男は「じっと俺を見」て、近づいてくる。通り過ぎる車のライトに照らされた男は、「坊主頭で、二十五、六っちゅうとこかな。たらこみたいな唇と、普通の人間の倍近いんと違うかて思うような太い眉毛」(375)の持ち主であった。「俺」は悲鳴を上げるところだったが、「どこまで行くねん?」と尋ねる声が「女みたいで、妙に優しい」ので、少し安心する。

福島(大阪)に帰るという「俺」に、男は「乗れや。送ったるわ」(376)と言う。「俺」は男の言葉が信じられなかったが、疲れの余り「古ぼけたビルの前で座り込」み、うずくまってしまう。男は「そんなことしてたら、死んでまうぞォ。送ったるから乗れや」とのんびりした口調で言う。「俺」は男に、「俺に付き合うとったら、お前こそ死んでまうぞォ」(377)と言うが、男は「俺、死にたいねん」と「にこにこ笑いながらそう言いやがった」(377)。

「俺」は男の女のような優しい声と、彼の不思議な「にこにこ」に負けてしまう。自転車に乗せてやろうとする男に、「俺」は身を託す。

> 俺が立ちあがって、自転車の荷台にまたがったら、そいつ、
> 「しゅっぱーつ」
> て大きな声で嬉しそうに言うて、猛然とペダルを漕ぎだしたんや。
> 「俺の体に抱きついとけよ」
> 　そう言われて、そいつの腹に腕を巻きつけて俺はびっくりした。そいつ、薄っぺらいジャンパーの下には、セーターも下着も着てないんや。(377)

厳寒の夜に、薄っぺらなジャンパー一枚は普通ではなく、「俺」は「そのうちに、いやな予感がして」、「こいつ、道づれを捜しとったんとちゃうやろか。この自転車の漕ぎ方は普通やない。こいつ、ほんまに死ぬ気や。」(378)と思う。

「俺」は不安になり、「さっき、死にたいて言うたやろ？　なんでや」(378)と男に問うと、男は「さっきは死にたかったけど、いまは生きたい」(378)と答え、

「俺、一日に五千回ぐらい、死にとうなったり、生きとうなったりするんや。兄貴も病院の医者も、それがお前の病気やて言いよるんやけど、俺はなんぼ考えても病気とは思われへん。みんなそうと違うんか？」(378)

と言う。一日に五千回も「死にとうなったり、生きとうなったりする」のは、普通ではない。「俺」は「なんで気がつかんかったんやろか、そうか、こいつは頭がおかしいんか。」(378)と思い、ぞっとして自転車から降り歩き始める。

四　「俺」と男との会話

そういう「俺」に、男は「一所懸命話しかけて」くる。

「お前、俺をきちがいやと思てるやろ。なんでや？　お前かて、死にたなったり、生きたなったりするやろ？　そんなこと思うの、人間だけやろ？　俺が正常な人間やという証拠やないか」(379)

「俺」は「そう言われると、確かにそんな気がして」くるが、「けど、一日に五千回も死にたなったり、生きたなったりするちゅうのは、やっぱり、ちょっと普通やないで」(379)と反論し、男は「そうかなァ」と「黙り込」(379)む。

もしこの会話が標準語であれば、男の異常さ（病気）が強調されるだろうが、大阪弁での会話はリズミカルで、どこか漫才のような滑稽感を醸している。

沈黙の後、男は言う。

「五千回どころやない、五万回、五十万回、いやもっともっとかぞえきられへんほど、俺は死んできたんや。猛烈に生きとうなった瞬間に、それがはっきりわかるんや。その代わり、死にたいときは、自分の生まれる前のことは、さっぱり思い出されへんねん。」(379)

男は、日に何度も死んでは、「猛烈に生きとうなった瞬間」(379)を迎え、直前の死を実感すると言う。「俺」は体力・気力が尽き、再び男の自転車に乗る。その後、死にたくなった男は「自転車を停めて、じっとうなだれ」、「身じろぎひとつしよれへん」(380)状態になる。自転車を降りて先を行く「俺」に、やがて生き返った男が近づいてくる。その時の描写―「相当歩いて、そいつが闇の中に隠れたころ、豆粒みたいな光が、だんだん強うなりながら近づいてきた。」(380)―は、自転車のライトを使って、闇と光、即ち男の生と死の状況をうまく表している。

生き返った男は「ものすごう嬉しい気分や。死んでも死んでも生まれて来るんや。それさえ知っとったら、この世の中、何にも怖いもんなんてあるかいな」(381)と元気である。それを実見した俺は、「体は氷やったけど、心の中には湯タンポみたいなもんが生まれ」(381)てくる。

俺は、そいつが生きとうなって、目を輝かせて、
「死んでも死んでも生まれてくるんや」
と言うのを聞いているうちに、自分までが嬉しいなってきたんや。そいつがそう言うたびに、
「そうかァ、そらよかったなァ」
本気で相槌を打っとった。(381)

「俺」は男の再生に共感して、男の再生の喜びは、「俺」をも元気づける。

五　釜ヶ崎での「俺」たち

だがそのような状態は、花園町（釜ヶ崎）が近づくにつれ消えていく。二人は「頬のこけた、土気色の顔をした」「十何人かの男に取り囲まれ」(382)る。「俺」は「生きた心地がせなんだ」(382)が、男は「何人かの人間に愛想よう頭下げて、『おはようございます』」(382)と挨拶する。

男の様子に仕事を持ってきたと勘違いされて、「連中は我先に自転車のハンドルとかサドルとかにしがみつ」(382)く。「俺」は、自分たちが手配師でないことが分かり、袋叩きにされることを恐れる。

男は「おはようございます」と言い続けていたが、突然「みんな、ついといでェ」(383)と、「ついて来るよう手招きして、ゆっくりと自転車を漕ぎ始め」(383)る。

「お前、こいつらをどうする気やねん」と問うと、「いま、逃げたら、すぐにつかまる」(384)と意外にも理性的なことを言い、「下り坂になった途端に、そいつはスピードをあげ」(384)逃げようとする。「俺」は男を、（死にたくなったときも含めて）叱咤激励する。

俺は、そいつが死にとうなったんか、生きとうなったんか、そんなことはどっちでもよかった。
「俺も一緒に死んだる！　走れェ、走れェ！」
もう絶叫したでェ。（中略）労務者の何人かが追いかけて来よった。そのうちの二、三人が石を投げよった。投げたひょうしに滑って転び[6]よるのが見えとった。走ったでェ。そらもう無茶苦茶に自転車をすっとばして逃げたんや。
大国町の靴屋の並んでる通りを走り、まだネオンの灯ってる難波のラブホテル街の横を走り、湊町を突っ切って四つ橋筋に入るまで、そいつは何回「死にとうなってきたァ！」って叫びよったと思う？　そのたびに、俺はそいつの

体に巻きつけてる腕に力を込めて、
「心配すんなァ。一緒に死んだる」
そう答えとった。(385)

二人にとっては決死の逃避行である。男が「死にとうなってきたァ!」と叫ぶと、「俺」は「心配すんなァ。一緒に死んだる」(385)と絶叫する。多分「一緒に死んだる」という言葉が、男を死から遠ざけ、生を持続させた(つまり、自転車を漕ぎ続けさせた)のだろう。二人は連帯感(運命共同体)の中にいる。しかし、二人の様子は一生懸命であるだけ、どこか笑いを醸す。

六　別れ

ようやく、二人は福島の「俺」の家に近づく。「俺」は自転車から降り、乗せて貰ったお礼を言い、着ていたコートを男に与える。(このコートの中に、亡父のライターが入っていた。)「俺」は、朝日の中で輝いている男に、「神々しさ」[7](385)を感じる。男は「俺」を助け、「俺」は死から逃れ、生の中にいる。

男は別れた後、また近づいてきて「お前、俺を病気やて思うか?」(385)と問いかける。「俺」は答えられず、「お前、ほんまに、これまでに、かぞえきられへんほど死んできたと思てるんか?」(386)と、逆に質問して、男をがっかりさせる。だが、男はがっかりしても「憫れみに満ちた目」で「俺の頭をそっと撫で」る。「俺」は、男のその目を「生涯忘れへん」(386)と思う。

こうして「俺」の一夜の冒険は終わり、それ以来「俺」は男と会ってはいないが、「俺」は男との冒険と「憫れみ」を忘れないだろう。

その後、「俺」は一人で酒を飲むようなとき、次のような思いを抱いたのではないか。

俺は、そいつが生きとうなって、目を輝かせて、「死んでも死んでも生まれてくるんや」と言うのを聞いているうちに、自分までが嬉しいなってきたんや。そいつがそう言うたびに、「そうかァ、そらよかったなァ」本気で相槌を打っとった。(381)

二人の冒険は一晩かぎりのものだが、冒険の記憶と男の「死んでも死んでも生まれて来るんや。それさえ知っとったら、この世の中、何にも怖いものなんてあるかいな。」(381)という言葉は、その後の「俺」を勇気づけたろう。

男は他者に理解されない病気(宿命)を抱え、生死の変転という光と闇を繰り返す。そして、他者を憫れみ救うことで、「神々しく」なる。対して「俺」は、男によって救われ、その思い出は人生の激励となる。

七　旧友への語りとまとめ

作品の最終場面は、十四年後の現在に戻り、旧友への語りとなる。

深夜の決死行を体験していない、かつ「神々しい男」に遭遇していない旧友にとっては、「しょうもない話」(386)だと「俺」も分かっている。だが、「俺」は、一日に五千回も生死を繰り返す男の生の喜びとその重み、そして「憫れみに満ちた目」を語りたかったのである。「俺」にとって、男との出会いは偶然であり、それは奇蹟に近いのである。

この作品は、宮本輝の初期作品の最後尾にあって、生きる喜びを語る「奇妙な男との遭遇の物語」である。しかし、話の中心は「生」にあるとしても、背後には死という病気があることも忘れてはならない。

注

（1）芝田啓治『おいてけぼり―宮本輝論―』（近代文芸社　1996・10）
（2）荒川洋治「解説」（新潮文庫『五千回の生死』1990・4）
（3）角田光代〔アンケート〕50人に聞く「宮本文学この一冊」（『新潮』臨時増刊　1999・4）
（4）安藤始『宿命と永遠―宮本輝の物語―』（おうふう　2003・10）
（5）本文の引用は『宮本輝全集』13（新潮社　1993・4）による。（　）内の数字は、全集のページ数である。
（6）「俺」と男の戯画的な姿はともかく、労働者たちのステレオタイプ的な戯画的な描写は、作品としてはマイナスであろう。だが、この作品が社会性にではなく、「俺」と男の奇妙な出会いに重点があるのだから、やむを得ないのかもしれない。
（7）「幻の光」（『新潮』1978・8）で、主人公・ゆみ子が見る漁師の「とめの」の早朝の出漁姿が、次のように描かれている。

もう着れるだけの服を着込んで、雪の敷きつめられた砂浜を歩いて行くとめのさんは、朝焼けの真っ赤な光にふちどられ、何か神々しい姿を浮かびあがらせてるのでした。わたしは刺すような冷気も忘れて、とめのさんに見とれてました。（68）

朝焼けや雪・冷気の情景と、「とめの」への尊敬が、ゆみ子に「とめの」の「神々しさ」を感じさせたのだろう。（詳しくは十二章「幻の光」を参照していただきたい。）「五千回の生死」の「俺」と男との心情や関係に近いものがある。

十二 「幻の光」

一 はじめに

「幻の光」（『新潮』1978・8）は、「夜桜」（1978・4）と同じく、女性が主人公（語り手）の作品である。そういう点では、「夜桜」と「錦繍」（1981・12）を繋ぐ作品であり、また、「蛍川」（1977・10）での父や友人の死と同様に、作中には前夫の自殺があり、その死に衝撃を受け、ゆみ子は自殺の理由を追い続ける。

この作品は中編（全六章の構成）で、一章と六章が作中の現在時間（昭和53年・1978年）であり、二章（昭和32年・ゆみ子小学六年生）から五章（昭和52年の冬・ゆみ子31歳）までの過去（回想）が、それらの中間にある。

内容を簡単に言うと、一章で曽々木の海やゆみ子の前夫「あんた」の自殺が語られ、二章以降に彼女の少女時代や前夫への思い、続いて、その後の彼女の人生などが語られる。最終章の六章は、時間的には一章に接続しており、現在の彼女の状況や心情が語られる。

つまり、この作品は平井修成氏が言うように「最初の夫の死を解明する物語に見えながら、実は、その構造は倒立していて、最初の夫の死を動機として、様々な死のエピソードを『わたし』が経めぐる[1]」性格があり、「あんた」への思いを抱き続けるゆみ子を考えることが、作品を読むことになる。

例えば、彼女の特徴の一つは、想像の光景に惹きつけられることである。それは、作品冒頭の能登の曽々木の海の場面から分かる。

ほれ、ここらでは滅多に見られへんような緑色ののっぺりした海に、ひとかたまりになってちかちか光ってる部分がありますやろ。魚の大群が海の底から湧きあがって、波間で背びれをのぞかせてるみたいやけど、あれは何でもないただの小さい波の集まりなんや。（一・29[2]）

彼女は「人の心を騙す」光景に牽きつけられる。平井修成氏も言うように、「騙すものは、同時に、誘うものであ」り、「心の在りようによっては、それは格別に心地よいものでもある[3]」。事実、ゆみ子は作品最終部でも、「曽々木の海の、荒れたり凪いだりしてるさまを眺めて」、「うっとりしてい」（77）る。

かくの如き特徴以上に注目すべきは、ゆみ子には、自殺しようとする「あんたのうしろ姿が、振り払うても振り払うても心の隅から浮かんでくる」（30）ことである。いわば、彼女は「『死』に心を寄り添わせ、死と共にいる[4]」（平井修成氏）と言ってもいい。

なぜ彼女は亡き夫の死を想像し、寄り添うのか。そして、彼女は何を得るのか。彼女の亡き夫への思いや彼女の受け止め方を考察して、作品の特徴をより明らかにする。

二　死と幻

この作品では夫の死以外に、祖母の失踪（二章）や漁師の「とめの」の遭難（五章）などの事件があるが、ゆみ子は、前夫に関わるものを中心として、多くの幻を見る。例えば、前夫の自殺直後の狂乱の中で、ゆみ子は、「ひとり黙々と夜ふけの線路を歩いてるあんたのあとを追いながら、わたしは一所懸命、その心のうちを知ろうとやっきになって」（38）いた。

そして、「そんな日が何日つづいた」後、彼女はより具体的な幻を見る。

そのうち、わたしの前を歩いてるあんたが、前方から吹きつけてくる冷たい風に髪の毛をあおられながら、ときおり立ち停まって振り返るようになりました。くらがりの中でわたしを見てるあんたは、自転車を盗んで帰ってきた夜の、あのやぶにらみになった別の顔やった。（二・38）

それは、その後も同様であり、次の引用は、曽々木の海岸で自殺願望らしい「三十前後の男」の「あとを尾けて」いたときの幻想である。

そのとき、黒々とした空も海も、波しぶきも潮のうなり声も、氷のような雪片もかき消え、わたしは夜ふけの濡れそぼった線路のうえのあんたと、二人きりで歩いていたのでした。それは、どれほど力いっぱい抱きしめても、応じ返してはくれへんうしろ姿やった。（四・62）

三十男が「あんた」に変わり、ゆみ子は「あんた」の死の場面に遭遇する。が、「あんた」は彼女を無視して、彼女は、「あんたはただひたすら死にたいだけ」だと感じ、「その場に立ちつくしてしま」（四・62）う。

この追跡の後、ゆみ子は次のように思う。

そのとき、わたしの心には、不幸というものの正体が映ってました。ああ、これが不幸というものやなあ、わたしはあんたのうしろ姿を見ながら、はっきりとそう思たんやった。（五・76）

ゆみ子は前夫の不幸を実感して、後に曽々木の海を見て、次のように想像する。

そして、そんな病気にかかった人間の心には、この曽々木の海の、一瞬のさざ波は、たとえようもない美しいものに映るかも知れへん。（中略）ひょっとしたらあんたも、あの夜のレールの彼方に、あれとよく似た光を見てたのかも知れへん。（六・77）

ゆみ子は美しい光の向こうに死を感じ、亡き夫が線路の彼方に、幻の光を見たと思う。彼女は前夫の死を見つめ、前夫と同じ状況にあろうとしている。

三　痛み（不幸）と安堵（幸福）

前節で見てきたように、ゆみ子には死と生を見るという傾向がある。これは彼女の物事の受け止め方の特性―不幸と幸福の共存や受容―にも通じている。

例えば、祖母が失踪し（二章）、床下に死体があるかもと警察から捜索されたとき、ゆみ子は不安になり、不幸を感じる。が、その後、彼女に「生まれて初めて味わうような安堵感」（二・46）が訪れる。

このような状況は、酒井英行氏が言うように、「恩寵が訪れ[5]」たようにも思えるが、どうだろうか。また、酒井英行氏は「恩寵がもたらす安堵ではない真の安堵をこそ、ゆみ子は自らの手で掴み取らなければならない[6]」と言うが、ゆみ子にそういう意図があるかは疑問である。

彼女は、「あんた」を「思い描くだけで心が冷とうなってしま」い、「何やらじっとしていられへんような恐しさにひたってしま」(60)ながらも、「もうひとつの心は、何かにのめり込んで酔いしれていくような、不思議な歓びをはっきりと感じて」(53)いる。そして、「あんた」の死に対する「悔しさと哀しさ」(76)が、自分をこれまで生かしてきた「支え」(76)だったと自覚する。

その後、前夫を想いながらも、「わたしは、いつしかうつらうつらと温い海に浮かんでる心持ちになってい」き、海や雨の音も「あんたのうしろ姿も遠くに押しやって、深い安堵の中に横たわってい」（五・76）く。前夫の不幸の中で、否、不幸を越えて、彼女は安堵を見出すのである。

最終章で彼女は、「あんた」に話しかける。

ああ、やっぱりこうやってあんたと話し込んでると気持がええ。話し始めると、ときおり体のどこかに、きゅうんと熱っぽい痛みが湧いてきて、気持がええのです。（六・77）

不幸（恐ろしさ）と歓び（安堵）が、彼女の中で共存している。それがゆみ子である。

四　「あんた」とゆみ子―結婚するまで―

ゆみ子の自殺した元夫、「あんた」と呼ばれる男は、どのような人間か。

彼がゆみ子の前に登場したのは、ゆみ子（小学六年生）の祖母がいなくなり、警察が部屋の床下を掘った翌日であり、彼は同じアパートの住人・中岡の後妻の連れ子であった。

一人でキャッチボールをする「あんた」の孤独が、ゆみ子を惹きつけたのだろう。しかも、彼は「勉強のできる、顔立ちの整った男の子」（53）であった。ゆみ子は、同じ場所に住んでいることもあり、彼への恋心を募らせる。『いろんなことはあっても、わたしのあんたに対する気持は一度も萎えたことはありませんでした。』（53）とあるように、彼女の愛情は一貫している。そして、彼もゆみ子に好意を持つ。

あんたの口から、わたしを好きやという言葉を聞いたとき、わたしはどんなに嬉しかったことやろ。生まれてこのかた、あとにもさきにも、あんな嬉しかったことはありませんでした。（三・53）

そして、恋心と同じように注目したいのが、彼女の性である。

作品では、ゆみ子の性は初潮として登場する。ゆみ子は祖母を捜しに行き、パチンコ屋で初潮を迎え、「スカートの前と後ろを手で押さえて、ゆっくりゆっくり歩いて帰」（三・42）る。そして、そのせいもあってか、「いまでも、月のもののかかりに、きまってわけものう冷んやりとした寂しい気持に襲われる」（三・43）のである。ゆみ子の性には、この寂しさがまとわりつく。

後に、前夫からそばかすのことを言われて、「女の体」のことかと思い、「ほんとは煩わしいてたまらんくせに、あんたの指にあわせてるうちにその気になってくる自分の女の部分を、まだ一緒になるまえから言い当てられてたんやと、わたしは思い込んでた」（一・32）。彼女にとって、性は寂しさや煩わしさ、そして快感が共存している。

五　自殺する「あんた」

勇一が生まれて三ヶ月目に、「あんた」は「理由もわからん自殺」（三・53）をする。その十日前に自転車を盗まれ、金の無かった「あんた」は甲子園まで歩き、別の自転車を盗んでくる。そして、得意先の機械屋に入った、三十すぎの元相撲取りの話を始め、「あのチョンマゲを見てると、たまらんような気持になってしもた。」（34）と言う。

「ふうん、なんで？」というゆみ子の問いに、「なんでか、わからへん」と答え、「なんか元気がなくなってくるんや」と言う。元相撲取りのチョンマゲは挫折の象徴かもしれないが、彼はまだ二十五歳の若い盛りであった。そんな彼が突然、鉄道自殺する。

現場は杭瀬と大物の間で、電車を運転してた人の話では、あんたは線路の真ん中を進行方向に向かって歩いてたんやそうです。ゆるいカーブになってて、人間の姿が照明灯の中に入ったときは、もう間に合えへん距離やった。警笛の音にも、ものすごいブレーキの音にも振り返らんと、あんたは轢かれる瞬間までまっすぐに歩きつづけてたんやて。（一・37）

自殺の動機が、ゆみ子たちには分からない。死体からは、薬物もアルコールも検出されない。

しかし、彼の内部の闇は広がっていた。子供の誕生がプレッシャーになっていたのかもしれないし、前述の「チョンマゲ」に加えて、「俺、中学しか出てないし、甲斐性なしやし、一生金持ちなんかになれへんやわ」(34)などのセリフから、彼は鬱状態だったのかもしれない。しかし、見逃せないのは、彼の「ひんがらめ(やぶにらみ)」である。「斜視を、その人間が人生に正対する勇気を持たないことの象徴[7]」(平井修成氏)とするのは言い過ぎだが、前夫の場合には当てはまるかもしれない。

そういう彼に対して、ゆみ子は「わたしは結婚してからうんとしあわせになったでェ」(35)と励ます。が、彼は「へえ、……そうかあ」と言い、「ひんがらめ」がきつくなる。

> 赤う充血した左目は、さっきよりもっと外側に向いてしもて、まるであんたと違う別人の顔になってました。いつもならすぐに元に戻るのに、なんでかその日は、なんぼこすってもやぶにらみは直らへんかった。(二・35)

前夫はゆみ子の言を素直には受け止めず、ゆみ子は「あんたではない別の顔が、いつまでも心に焼き付いて消え」(35)ない。後に「その、ときどき変な発作を起こす目が、じつはあんたの本性なんやと、なんでそのとき思い当たることがでけへんかったやろ。」(35)と後悔する。彼女には彼の悩みが分からなかった。彼は、顔立ちの整った顔と別の顔(ひんがらめ・本性)を持ち、いつしか「不幸」に飲み込まれていったのだろう。

再婚相手の民雄は、前夫は精が抜けて死にとうなったのではと言う。ゆみ子は、それを一歩進めて、次のように思う。

> 体力とか精神力とか、そんなうわべのものやない、もっと奥にある大事な精を奪っていく病気を、人間は自分の中に飼うてるのやないやろか。(六・77)

「もっと奥にある大事な精」、つまり生命力そのものを喪失していったのが、「あんた」だったのかもしれない。

彼は若妻と幼子よりも、死を選ぶ。そして、自分の歩むレールの果てに、〈幻の光〉を見る（とゆみ子は推測する）。それは、他者との関係を拒絶する、死へ向かう美しい幻である。

「あんた」は、死に幸せを感じたのだろう。対して、ゆみ子は悲しみが続くとしても、「悔しさと哀しさのおかげで、きょうまで生きてこれた」（五・76）のだし、「あんたのうしろ姿に話しかけることで、危うく萎えてしまいそうな自分を支えつづけ」（五・76）たのである。彼女は死と生の狭間にいても、痛みとともに安堵（快感）を得て、生き続けようとしている。

六　ゆみ子と作品の限界

もちろん、ゆみ子は孤立した存在ではない。母や弟、再婚相手の民雄たち、そして、漢さんやとめのたちは、彼女に同情し応援している。だが、前述したように、彼女の独自性は日常生活を送りながらも、死者を想い・見ることである。彼女は「あんた」とともにいる。

これはゆみ子の想像が為せることであるが、それが現実とどう違うのか。確かに、死者は、「どれほど力いっぱい抱きしめても、応じ返してはくれへん」し、「何を訊かれても、どんな言葉をなげかけられても、決して振り返らへん」（61）のだから、空しいことかもしれない。しかし、彼女は、前夫の自殺は悲しみであるとともに、支えであったことを知り、前夫の不幸の実感が、死者への愛情を増加させる。

最終場面で、ゆみ子は前夫に語りかける。


ああ、やっぱりこうやってあんたと話し込んでると気持がええ。話し始めると、ときおり体のどこかに、きゅうんと熱っぽい痛みが涌いてきて、気持がええのです。（六・77）

死者を想うことで、死者とともに生きているし、痛みと快感の共存を実感する。

このように、彼女は不幸と幸福（安堵）のバランスを保ち、日々を過ごしている。しかし、ゆみ子の幻には発展がなく、同じことが繰り返されるだけである。つまり、作品は、ゆみ子の見る生と死の世界の中にある。（あたかも、「泥の河」の喜一たちが河の中に閉じ込められているのと似ている。）これがこの作品の特徴であり、限界であろう。[8]

この作品は生と死の狭間に生じる〈幻の光〉の発見と、それを見つめ、愛する者を失っても生きる、女の不幸と幸福（安堵）を描いた物語である。しかし、その世界は、彼女の情念の中で閉じこもっている感があり、幻想的で静謐だが死の影が濃い。

注

（1）（3）（4）（7）平井修成「宮本輝『幻の光』考―死の了解・死の経験―」（「常葉国文」31　2009・1）

（2）本文の引用は、『宮本輝全集』13（新潮社　1993・4）による。漢数字は章を、アラビア数字は全集のページ数を示す。

（5）（6）酒井英行『宮本輝論』（翰林書房　1998・9）

（8）この点に関して永吉雅夫氏は、この時期の宮本輝の作品を、「ドラマの過程と表現したストーリーの展開は、ある種の図式化・パターン化に陥る危険性をはらんでいる」として、「一種の予定調和」を指摘しているが、その傾向は宮本の作品にあると思われる。「幻の光」にもそういう危険性はあるが、ゆみ子の持つ二重性と幻を見ること、そして前夫の不幸を実感することが、この作品を予定調和のパターンから救っていよう。

永吉雅夫「『幻の光』から宮本輝論へ―従属的悲劇の主題化―」（「追手門学院大学国際教養学部紀要」3　2009・1）

十三　「錦繍」

一　はじめに

「錦繍」（『新潮』１９８１・12）は、元夫婦の有馬靖明と勝沼亜紀の約一年間におよぶ、十四通の手紙のやり取りで成り立っている。つまり、女性が語り手（手紙の書き手）の作品であり、二人の手紙で語られた由加子や令子も重要な登場人物である。また、由加子と有馬の無理心中もあり、作中に死の影が色濃いが、「幻の光」のように、死に閉じこもるのではなく、再生する男女の姿が描かれる。

安藤始氏は、この作品を「共に理解しながら成長していく物語」とし、「靖明が亜紀と再会することから始まるこの作品は、その再会を切掛けとして始まる二人のそれぞれの〈再生〉の物語」[1]とし、酒井英行氏は、「人間存在が本来的に背負っている〈淋しさ〉を深く知った者同士の交感の物語」[2]とする。ただし、黄麗娜氏の言うように、主人公たち「二人が互いに理解し合った」のではなく、両者に「齟齬」[3]があるのも事実である。

有馬たちの場合、離婚から再会（手紙開始）までに十年間の、かつ、二人が出会う（大学生時代）までの過去の空白もあり、それらは手紙中で言及されるが、すべてが書かれている訳でもない。その上、主人公たちは自分たちの心情を完全に把握している訳でも、手紙に書き尽くしている訳でもない。

そういう点をおさえた上で、有馬をめぐる由加子・亜紀・令子の三人の女性に注目して、有馬と彼女らの関係や彼女らの思い（愛情）、そして、彼女らの生のありようを考察する。

二　有馬と由加子

有馬は中学二年生のときに両親が亡くなり、大阪を離れ、舞鶴の親類（緒方）の家に引き取られる。舞鶴は有馬に深い印象を与える。

> ただ今でもはっきり覚えているのは、初めて東舞鶴の駅に降り立った際の、心が縮んでいくような烈しい寂寥感です。東舞鶴は、私には不思議な暗さと淋しさを持つ町に見えました。（38）[4]

この「烈しい寂寥感」が、当時の有馬の心情であった。彼は他者に「心を開」かず、学校でも友だちもできなかった。そんな中、有馬に「美しく華やか」（39）な由加子への「ひたむきな恋情」（38）が生じる。

> いま思い出してみても、私の瀬尾由加子に対する思いは、思春期の少年の淡い恋心といったものではなく、もっと狂おしいまでの烈しさをともなったひたむきな恋情でした。（39）

有馬の恋情には、彼の孤独な状況と舞鶴という土地の特殊性（暗さ）、および、由加子への「性」が加わり、「瀬尾由加子に関する淫靡な噂話を耳にするたびに、私の思いはさらにつのってい」（39）く。特に、舞鶴の持つ暗さは彼女を「妖しい神秘的なもの」にまで高め、有馬は彼女に強く惹かれていく。

十一月初旬のある日、有馬は港で由加子に出会い、若い男の船に乗る。だが、有馬は男によって海に投げ込まれ、由加子も海に飛び込む。二人は桟橋まで泳ぎつき、走って逃げる。次の引用文は、その直後の由加子の描写である。

> 由加子は私を呼び停め、走って来ると、私の手をつかみ、何度もごめんね、ごめんねと謝っていましたが、突然高い声で笑いだしたのです。私が茫然と見つめるほど、それは異様な笑い方でした。全身濡れ鼠のようになって、彼女は

> 私の手を握ったまま、身をよじらせて笑いつづけました。（42）

由加子が有馬に「ごめんね」と謝るのは分かるが、「身をよじらせて」の高い声での「異様な笑い」は理解しにくい。ここには、彼女の特異さ（エキセントリックさ）があろう。

その後、由加子の家で、有馬が船に乗った理由や海に飛び込んだ理由を聞くと、彼女は「勝ち気そうな目」で「黙って睨みつけ」、「きょう起こった出来事は決して誰にも喋らないでくれ」（43）と頼む。それに対して有馬は、彼女に「心に隙があり、無意識のうちに男の誘いを呼び起こす媚態をとってしまっている」（44）となじる。彼女は「そんなことあらへん」と、「強い語調で言って、下唇を噛みしめると、長い間私を睨みつけ」るが、

> その目はどことなく悲しげで、いっそう彼女の持つ美しさをきわだたせてくるのでした。そんな彼女を見ていると、私はふいにいつもの抑えがたい寂寥感に包まれました。（44）

由加子には暗さ―東舞鶴の「抑えがたい寂寥感」と「同質のもの」（44）―と美しさが共存していて、有馬の孤独と呼応している。

彼女は「以前から少し好きだったけれど、きょう本当に好きになってしまったと囁いて、頬をすり寄せ、唇を這わせ」る。

有馬の熱い眼差しに、彼女も気づいていたろう。港で出会った有馬を船に誘ったが、彼は海に投げ込まれてしまう。彼を追って自分も海に飛び込み、ともに逃げることにより、有馬への好意を強めたのではないか。だが、彼女の行為―「頬をすり寄せ、唇を這わせ」る行為―は、初対面にしては挑発的である。だから、後年、有馬は「十四歳にして何のためらいもなく男にそのようにふるまえるということが、瀬尾由加子という人間の持っていたひとつの業であった」（44）と思う。ただ、「業」と言うのは言い過ぎで、早熟だとしても、彼女の行為は好きな男に対するものである。

そして、彼女は「幼さ」をも併せ持つ。突然現れた父親に対して、「私に顔をすり寄せて甘い言葉を囁きかけていた際の匂うような女らしさは跡形もなく消え失せ」、「父親に甘えかかるまだ娘とも言えない幼さだけが表に出」(45)る。

似たようなことは、十数年ぶりの再会時にも起こる。地味な制服姿の由加子が有馬を思い出すと、「十数年前の少女だった頃と同じ雰囲気を持つ笑顔」になり、かつての「美貌が甦」(50)る。これも由加子の特徴の一つである。おそらく有馬にとって最も魅力的なのは、中学二年時の由加子であり、それを復活させることが彼女には可能なのであろう。これは有馬の錯覚ではなく、後年に「清乃屋」で、心中する直前の由加子の姿―「中学生のときの、あの舞鶴での夕暮時、濡れた髪を垂らして横坐りしていた由加子がそこにいた」(102)―もそうなのである。

「清乃家」の仲居の絹子も由加子について、「そのときどきで、いろんなお顔をしてはるお方どしたなァ……」(164)と言う。由加子は「いろんな顔」を持っていたと考えられる。

その後、由加子は有馬の別れ話に対して、無理心中を謀り、自分は死んでしまう。彼女には有馬を失うことに耐えられない弱さと、有馬を独占したいという欲望があったのである。

三　亜紀の思い

有馬と亜紀の出会いは、有馬が大学三年生、亜紀が大学一年生のときであった。それは、有馬の一目惚れと説明される。由加子を次第に忘れていた有馬は亜紀と出会い、「育ちのいい、溌剌としたひとりのお嬢さん」の気をひくために、「それこそ考えつくあらゆる手段を講じ」(47)、二人は恋人関係になる。だが、亜紀が「とても魅力的な女性」（141）だとしても、有馬には「狂おしいまでの烈しさをともなったひたむきな恋情」（39）はなかったのではないか。それは、次の亜紀の回想からも推測できる。

恋人時代、私たちは、つまらないことでよくケンカをいたしましたわね。あなたは決まって、私に言いました。「お前なんか嫌いだ」。（140）

本来、恋人に「お前なんか嫌いだ」と言う男は未熟であり、大人であれば「つまらないことでよくケンカ」はしない。有馬が亜紀を、心底愛していたとは思いにくい。

この点は亜紀も同様で、有馬の由加子との一年間の浮気に気づかないのは鈍感と言っていいし、二人（有馬と亜紀）の間に深い愛情があれば、父親（星島照孝）の指示があったとしても、離婚はしなかっただろう。

亜紀の有馬への愛情は、むしろ離婚後から強まっている。

あなたに逢いたいと、私は何度も思いました。（中略）自分は取り返しのつかないことをしてしまった。ああ、どうかしてあなたに帰って来て欲しい。（57）

しかし亜紀は、父親たちの再婚の勧めや有馬を忘れなければとの思いで、勝沼と再婚する。それは愛情のない再婚であり、亜紀は勝沼に愛情を持てず、勝沼は女子大生と不倫する。それに対して亜紀は、「なんと馬鹿馬鹿しいことか」と「醒めた心」（138）になり、二人は家庭内別居となる。

そんな勝沼とは違い、有馬に対しては、亜紀は愛情を持ち続ける。亜紀が有馬に手紙を書いたのは、有馬が「どんな愚痴も我が儘も黙って受け止めて下さったただひとりの人だった」（55）からもあるが、有馬の不幸な姿を蔵王で見たからである。

蔵王のゴンドラの中でお逢いしたあなたは、本当に寂しそうでした。（中略）何か暗い、疲れた、捨鉢な雰囲気を、強い目の光の中に漂わせていらっしゃいました。（34）

有馬が幸福ならば、亜紀は手紙を書かなかったろう。それは、後日、有馬が借金の取り立てのせいで、「死」に近づいたときの彼女の反応を見れば明らかである。

私はあなたが心配でたまりません。いつかのあなたのお手紙にあった、令子さんという女性の言葉が、私の心を不安で不安でたまらなくさせるのです。（中略）

ああ、あなた、どうか死にたいなどと思わないで下さい。そんなことを想像すると、私の胸は張り裂けそうになってしまいます。(172)

胸が「張り裂けそうにな」るほど、亜紀は有馬を心配（愛）している。元々、彼女は有馬との手紙のやり取りに、「なんだかとてもしあわせな、それでいてどこかに背徳の匂いのするときめきを感じて」(112)いる。有馬もそれを知っているが故に、文通の終わりを意識している。有馬の最後の手紙に対して、亜紀は次のように書く。

私が、この三十五年間の中で喪ったもので、とりわけ大切なものといったら、母とあなたであったと思われます。でも私は、墓碑に見入りながら、そしてあなたの最後のお手紙を思い出しながら、もっともっとたくさんのものを喪ったような気がいたしました。(187)

おそらくこれは、有馬の直前の手紙の最後あたりの文章――「何年か後、（中略）あなたの住んでいる家の前に行ってみるかもしれません。そうやって、そっとあなたのいる家を見、（中略）またそっと帰ってくるかもしれません。」(183)――に照応していよう。遠い未来はともかく、有馬には亜紀と会う気はなく、手紙のやり取りを打ち切ろうとしている。亜紀は、有馬との共有する時間や機会を断たれて、「もっともっとたくさんのものを喪ったような気」がしたのではないか。

考えてみれば分かることだが、一年間以上に及ぶ二人の手紙のやり取りは、普通の恋人や夫婦よりも深いものであり、有馬たちにとっても二度とできるものではなかろう。

有馬の最後の手紙を受け取り、亜紀は勝沼との離婚を決意し、父親に「清高を一所懸命育てていきます。お父さん、私を助けて下さい。」(192)と頼む。彼女は、新たな人生を生きようとしている。そして、有馬に対して、「自分の命というものを見たあなたは」、「人生を生きて行くための、最も力強い糧となるものを見たのだ」(192)と激励する。

有馬の見た「命」とは、亜紀の「生きていることと、死んでいることとは、もしかしたら、同じことかもしれない」(192)や、「宇宙の不思議なからくり、生命の不思議なからくり」(192)に近いだろう。それらは亜紀に、「深いおののきに似た感情をもたら」し、「私たちの生命とは、何と不可思議な法則とからくりを秘めている」(193)かと慨嘆させる。だが、亜紀は虚無に沈むことなく、息子の清孝とともに、明日に向かって真摯に歩み始めようとしている。

亜紀は有馬との文通を通じて、生きること(生命)の悲しみと強さを得ている。

四　令子の思い

令子は、有馬の現在の同棲相手である。有馬は、彼女に一年間「養ってもら」(131)っていて、彼女を「ただ無口で気立ての優しさだけが目立つ、たいして美人でもなく、たいして頭もいいとは言えない女」(131)だと思っていた。彼が亜紀の手紙によって泥酔したとき、介抱する令子に、「お前なんか嫌いだ。愛情なんて感じていない。今すぐ別れても、俺は痛くも痒くもないのだ」(118)と言い、令子は涙を流す。

このように、令子は従順なだけの女に見えたが、有馬に死んだ祖母の話をするあたりから、別の面を見せ始める。令子は祖母の死後、祖母が亡くなった息子たちと再会したと思い、「何か深い歓びとも哀しみともつかない激情に包ま」(124)れ、祖母は自殺した息子(賢介)を、「最も愛しく、最も不憫な子として」、「生涯心の中で抱きしめつづけていた」(125)と考える。それは、有馬への思いとも繋がっている。祖母の話が終わると、令子は、「深い息を吐いて」、「うち、あんたが死んでしまいそうな気がするねん」(125)と言う。令子は有馬を愛していて、彼の死を恐れている。

だが、彼女の強さは、有馬に生きる手段―美容院のPR雑誌という商売―を与えることである。

あんたと暮らすようになって、毎日をぼんやり過ごしてるだけのあんたを見てるうちに、これはほんまに何とかせんとあかんと考えてん。(中略)あんたが元気いっぱいに取り組めるええ商売はないやろかと考えたんや。(145)

仕事を嫌がる有馬を、泣き落としや美味しいものを食べさせて機嫌を取り、仕事に向かわせる。やがて有馬もやりがいを感じ、美容院だけでなく、理容院にまで手を伸ばそうかと考えるようになる。

亜紀も令子の強さについて、次のように書く。

その無口で温和しい性格の底に、浪速女のド根性みたいなものを隠していらっしゃる人です。きっとそんな人なのに違いありません。あなたよりもうんと強く、粘っこい人に違いありません。そして、そしてあなたを、烈しく愛していらっしゃるに違いないのです。(173)

令子は有馬を「烈しく愛してい」て、有馬とともに生きようとしている。

五 「錦繍」の女たち

有馬という男に対して、三人の女たちはそれぞれに愛情を持っている。そして、彼女らは弱さも持っている。例えば、由加子は有馬を殺そうとするように、独占欲が強い。亜紀も有馬との離婚を簡単に認めてしまう。令子は、前述したように、有馬に別れを言われると涙を流す弱さがある。

だが、彼女らが感情的になる（また、弱さを見せる）のは、有馬に大半の責任がある。由加子の場合、有馬は自分の保身のためもあって別れようとしたたし、亜紀の場合も有馬の心中事件がなければ離婚せずに、普通の奥さんで過ごせた筈であった。令子の転業も、有馬の怠惰な生活が切っ掛けであった。

しかし、彼女らが有馬に愛情を発動し吐露するのは、有馬が順調なときではなく、彼が弱ったときである。由加子の場合は、有馬が家族を失い舞鶴に転校してきたときであり、亜紀の場合は、有馬が借金取りに追われて蔵王に逃げたときであり、令子の場合も、有馬に仕事がなくなったときである。

つまり、令子の祖母が自殺した子に対して、一生心に抱きしめていたと同様に、亜紀たちが「胸が張り裂けるような」愛情を感じるのは、有馬が不幸なとき、特に死に近づいたときである。

たぶん、有馬が幸福であれば、彼女らは満足するかもしれないが、彼女らに深い「哀しみと歓び」は訪れないし、彼女らの成長もないのではないか。例えば、有馬が天涯孤独の不幸の中にいたからこそ、田加子は有馬に応え、両者は恋に落ちる。が、有馬は彼女の美しさとともに暗さをも愛していて、彼女をいじらしくさせ、不幸に向かわせる。亜紀は有馬を失って愛情が強まり、生と死の同一視―生きていることと死んでいることは同じ―から、やがては、再生の決意を得る。令子は、有馬の心ない言動に涙を流すような弱さを持つが、有馬とともに事業を興す。そして、今後とも有馬の弱さにつき合わねばならない。

有馬が不幸であればあるほど、彼女らは哀しみを覚え、有馬を愛することに歓びを感じ、有馬に愛されれば愛されるほど、ともに生きようとしている。

由加子たちを「哀しみと歓び」の女だとすると言いすぎだろうか。だがそこに、彼女らの女性としての深さがあり、生きて行く（在り続ける）力となっている。それらを表現し得た点に、「錦繍」の深さがあり、「錦繍」の特色と魅力となっている。

注

（1）安藤始『宿命と永遠―宮本輝の物語』（おうふう　2003・5）

（2）酒井英行『宮本輝論』（翰林書房　1998・9）

（3）黄麗娜「宮本輝『錦繍』論のために―亜紀と靖明・二つの平行線―」（「兵庫教育大学近代文学雑志」17　2006・1）

（4）本文の引用は、『宮本輝全集』13（新潮社　1993・4）による。（　）内の数字は、全集のページ数である。

十四　「寝台車」

一　はじめに

「寝台車」（『野性時代』1979・1）は、作品集『幻の光』（新潮社　1979・7）に収録された作品である。同作品集には他に、「夜桜」・「幻の光」・「こうもり」があり、「寝台車」の発表が最も遅い。

この作品は、寝台急行「銀河」での夜から朝までの「私」の旅行記であるとともに、二十数年前の「カツノリくん」の転落事件や、それから十数年後の「カツノリくん」の事故死と彼の祖父との会話、そして現在の仕事や上司・甲谷の回想などが描かれている。

作品の評価は高いものではなく、安藤始氏は、この作品は「人の心の奥にある不可思議なるもの」を描こうとしていて、「人生の哀しい面と死への意識が共存していること」[1]を指摘する。だが、主人公たちの持つ「不可思議なるもの」や「人生の哀しい面と死への意識」が、作品として成功しているかは疑問である。

また酒井英行氏は、「『寝台車』は、『私』という主人公を描いた作品ではない。『私』に与えられた役柄は徹底した視点人物、言わばカメラである」[2]とする。酒井英行氏の指摘の通り、「私」は深く描かれていないし、「カメラ」として、相手を写しているに過ぎない感がある。かつ、「私」が出会った人たち―「カツノリくん」や甲谷たち―の描かれたそれぞれの時間が離れていることもあり、事件や登場人物たちの関連性が分かりにくい。

つまり、これまで見てきた川三部作のように、人間の生や男女の関係を追求したものではなく、「幻の光」や

「星々の悲しみ」のように生や死が重みを持っておらず、「錦繍」のような「再生」もない。「私」の心情を追いながら、作品の特徴を考えていく。

二　「銀河」と「私」—甲谷の回想—

作品は、大阪駅での「銀河」の描写から始まり、「私」が「銀河」に乗った理由が説明される。「私」は明朝の東京の会議に出席するため、最終の新幹線に乗る積もりだったが、「打ち合わせがまごついて」(96)[3]、乗ることができなかった。その時、同僚から「銀河」を知らされ、それに乗るのが具合良さそうだったし、「旅情のようなものに接してみたいという」(96)衝動が働き、「銀河」に乗ることになった。

回想が終わり、「発車のベルが鳴り」、「列車はゆっくりと走」り、「私」は「夜行列車の緩慢な響きと、かすかな人声によってさらに強められている独特な静寂で感傷的にな」(96)る。続いて、上司の甲谷とS社(東京)との契約の経過を回想し始める。

「私」の勤め先では数年前に体制が変わり、「一介の機械屋にすぎなかった私」が「営業の分野に駆り出され」(97)る。そのとき、「日本でも一、二を争う商社の課長職」(100)から「営業の凄腕として声価の高い甲谷」(97)がスカウトされ、「私」の上司(営業促進部の部長)となる。「私」は彼と仕事のことで「数えきれないほどのいさかい」(97)をして悩む。だが「私」は、彼の「やくざっぽい言行に隠された一抹の小心さ」と、「尊大な物言いと虚勢の裏に、一流商社での出世をやはり放棄せざるをえなかった」、「どうしようもない性格上の欠陥」(101)を見抜く。それは、彼が「大舞台でしか映えることのない大技が得意なくせに、そうした場所には不釣合いな品の悪さと脂臭さを持っていた」(101)ことである。

二人は最初はぎくしゃくしていたが、S社との交渉が進み、「甲谷がセールスにおける手腕を発揮しはじめると、私のエンジニアとしての知識が、それを巧みに補佐する形となり、二人は決して相容れないものを保ちながら、格好の相棒」(98)となる。

そして、S社の契約が取れると分かったとき、甲谷は「何気ない口調」で、「俺もお前も、これで結局半人前同士やったということっちゃ。」(98)と言い、「半ば自嘲気味に、にやりと笑」う。

「私」は、甲谷の強引な指示に「強い反発」を感じていて、「私のこれまでの奮闘も、結局彼の手柄に変わってしまう」(102)と危惧していたが、甲谷は、東京出張（最終的詰め）を「私」に任せる。

それは「私」に、かつてないほどの「充実感を味わ」させるが、同時に「烈しい空しさ」(99)をも感じさせる。仕事の充実感と空しさの共存、これは安藤始氏の言う「人の心の奥にある不可思議なるもの」の一つだろう。二人は性格的には合わないが、二人とも「得体の知れない哀しいもの」(100)を持ち併せていた。

続いて同じような体験として、過去の一場面が回想される。あるとき「私」が外出先から帰ってくると、甲谷が一人、「つくねんと部屋の隅を見やってい」た。「私」に気付いた甲谷は、「思いがけない明るい笑顔を私に向け」、何を考えていたのかという「私」の問いに、彼は「妙に寂しげなものを目尻のあたりに漂わせながら、いつもより固く肩をいからせ、急ぎ足で部屋を出て行った。」(103)

甲谷の「ひとり悄然とうなだれていた」(103)姿も、「子供のような笑顔」も彼の一面であり、「私」は、普段は見せない甲谷の姿を見たのであった。

回想が終わり、車内の暖房や「断続的な強い横揺れ」(103)によって、「私」は眠る事ができず煙草を吸っていると、隣席の老人の泣き声――「痛切な、どうにもこらえることの出来ない哀しみを感じさせる、低い長い泣き声」(104)――が聞こえてくる。「私」は寝ようとしても老人のことが気になり、「声をかけることもはばかられて、そのまま耳を傾けていた」(104)。

三　回想―「カツノリくん」―

場面は変わり、小学校三年生時の友人「カツノリくん」の回想が始まる。「カツノリくん」には両親がおらず、医師である祖父と暮らしていて、時折「私」の家に遊びに来ていた。

「ある夏の正午近く」、彼は「私」の家にやって来て、「物置に使われている畳敷きの部屋に入り、錐や針金やナイフなどを道具箱から捜し出し、船の組み立てにかかった。」(104)

この部屋は川に面しており、板壁の一角に扉があった。いつもは針金で固定していたが、その日はそうではなく、「カツノリくんはいつもと同じように、観音開きの扉に背をもたせかけ、そのまま、すとんと川に落ち」(105)てしまう。「私」は驚いて、川で小舟を操っていた男に、「おっちゃん、助けてェ。あの子が川に落ちたァ」(105)と叫ぶ。

男は急いで「カツノリくん」の所に舟を寄せ、彼の腕をつかみ小舟に引き上げた。「カツノリくんはうっすら目をあけていたが、ほとんど意識はなく、私たちの呼びかける声にも反応を示さなかった。」(106)

事件を知らされた祖父(医者)が駆けつけ、「カツノリくん」の手当をして、彼が正気を取り戻したのは、夕刻であった。彼は川に落ちたとき「驚愕と恐怖で、一種の失神状態におちい」り、水を飲まず、「自分の命を救った」のであった。

カツノリくんの「人形のように」浮いている姿や、「青ざめた死人のような顔」(106)は「私」に強い印象を与えているが、その後の「私」の回想に登場しない点を考えると、「私」にとってそう重いものではなかったのか(4)

もしれない。

事件後、「私」は「カツノリくん」とは疎遠になっていたが、彼が医科大学の三回生のとき―現在から、十数年前の昭和四十年―に、中央本線の列車から転落して死んでしまう[5]。

彼の葬儀に参列した後、「私」は風邪をひいたため、祖父の病院を訪れる。七十八歳になっていた老医師は孫の死に対して、「父親の味も、母親の味も知らんと、可哀そうやった。あのとき死んでてもよかったなァ」(109)と言う。

「私」は、老祖父のつぶやき（哀しみ）に答える術がなく、小学三年生のときに助かった「カツノリくん」のその後の「十数年は、いったい彼にとって何だったのだろう」(109)とぼんやり考える。

「私」が「銀河」の中で、「カツノリくん」やその祖父のことを思い出したのは、S社との取引成功による仕事の空しさが、「カツノリくん」の人生の虚しさに通じた故かもしれない。また、安易な連想だが、車中の老人の悲しみから「カツノリくん」の祖父が思い出され、関連して「カツノリくん」の事件を回想したのかもしれない。

四　「銀河」の朝

場面は「銀河」に戻り、豊橋を過ぎる（時刻は三時半すぎ）頃、「老人の泣き声はいつのまにかや」み、「私はカーテンの方に背を向け、何も考えまいと努め」(109)る。

その後、「私」は少し眠り、起きると「早朝の眩ゆい光が」、「車内に満ち溢れていた」。老人のベッドは空で、「私」は老人が「どこか夜更けの駅に降りた」[6](109)と推測する。

「私」は沼津駅で弁当を買い、「窓ぎわに凭れて地方都市の朝」を眺めて、夜の孤独や悲しみから蘇っていく。

その後、弁当を食べ終わり、「私」は鞄から書類の入った紙袋を取り出すと、

ひとつの仕事を完成させた歓びが、ふいに私のもの憂い体の中を走って抜けた。早朝からゴルフに行くと言っていた甲谷は、もう出かけたろうかと私は思った。(110)

「私」は、「ひとつの仕事を完成させた歓び」を感じ、大阪にいる甲谷を想う。だが、彼の存在は身近なものと言うよりも、大阪・東京という距離感や、一つの仕事が終わったという心情から、どこか遠いもののように感じられる。

五　まとめ

この作品は、夜行寝台急行（「銀河」）の進行や夜から朝への移り変わりに応じて、主人公が出会った人々を回想し、それぞれの「場面」を蘇らせている。ただ冒頭で述べたように、それぞれの時間の違いや登場人物間の関係の弱さにより、作品の求心力は強くない。そして、「私」は彼らの内面や人生に深く入っているのではなく、外から見ているにすぎない。

つまり、この作品の回想される事柄がバラバラで、作品に統一感や山場がなく、しかも、「私」の複数の感情―例えば、「私」の仕事による達成感（歓び）と「哀しみ（虚しさ）」など―が感覚的に捉えられているため、人間の「不可思議なるもの」が感じられながらも、生動していない感がある。換言すれば、一つ一つの素材はドラマたり得るのに、それが全体として関連せずに盛り上がってこない。人生の諸場面を捉えているが、「蛍川」や「夜桜」のように、ラストシーンの盛り上がりもなく、淡々としていてエネルギーの少ない作品となっている。

また、作中で「カツノリくん」の死が登場するが、主人公にとっては切実なものではなく、遠い死のような感

じがある。つまり、この作品では死は重みを持っていない。

注

（1）安藤始『宿命と永遠―宮本輝の物語―』（おうふう　2003・10）
（2）酒井英行『宮本輝論』（幹林書房　1998・9）
（3）本文の引用は『宮本輝全集』13（新潮社　1993・4）による。（　）内の数字は、全集のページ数である。
（4）「青ざめた死人のような顔」から、「泥の河」の銀子の母を連想する。違いの一つは、銀子の母は主人公を強いまなざしで見返すことである。「カツノリくん」は失神していて、他者を見ているようで見ていない。彼は、死人のように描かれている。
（5）酒井英行氏は、「カツノリくん」と「幻の光」中の「あんた」（語り手・ゆみ子の亡き夫）との近さを、「カツノリくんが『あんた』と双生児であることは明白であろう」と指摘して、「カツノリくん」の死は、「限りなく自殺に」近いとする。（引用は注（2）による。）
だが、「カツノリくん」が事故死か、自殺かは分からない。それを判断させる心情描写や説明、もしくは暗示するものは作中にはない。「幻の光」の場合、「あんた」は自殺する前に、ゆみ子に別人の顔を見せ、「なんか元気がなくなってくるんや」（34）と洩らしている。
「カツノリくん」に関しては自殺の可能性はあるとしても、その真偽は不明である。
（6）酒井英行氏は、車中の老人は「駅に降りたのではなく、列車から飛び下り自殺を図ったのである」と推察している。（引用は注（2）による。）そういう読みも可能かもしれないが、断定するまでには至らないだろう。

十五　「トマトの話」

一　はじめに

「トマトの話」（『文學界』1981・11）は、大阪の広告代理店に勤めている小野寺孝蔵（「ぼく」）が、同僚たちに大学三年生時のバイトの思い出話―バイト（交通整理）の過酷さやその飯場にいた病人（江見弘）のこと―を語るものである。

この作品は二章仕立てであり、前半に小野寺の現在と思い出話を語るまでが導入としてあり、後半に学生時代の思い出（バイトと江見のこと）が語られる。作品は質・量的にも後者が中心であり、安藤始氏も言うように、「この現場におけるある中年の痩せた男との関わりがこの小説の中心となる物語であ」[1]る。

作品では、江見に頼まれたトマトと彼の死、そして彼の手紙を紛失した「ぼく」の心情が印象的であるが、「ぼく」と江見の交流が数回に限られていて、江見の描写が多くない点に物足りなさがある。（その点では、「北病棟」の「ぼく」と栗山との関係に似ている。）

また、江見をめぐるものの多くは、「ぼく」にとって忘れられないものであっても、前向きなものではない。その典型が、その後トマトが食べられなくなったことである。この点を、「五千回の生死」と比べれば、「五千回の生死」では奇妙な男から再生の歓びを教えられ、主人公は生きる勇気をもらう。対して、「トマトの話」は前に進むと言うよりは、過去（江見の死とトマト）にとらわれる話であろう。

「ぼく」の過酷なバイトの状況をおさえ、江見や彼の依頼、そして、手紙の紛失がどのような重みがあり、「ぼく」にどう影響しているかなどを考え、作品の特徴を明らかにする。

二　現在の小野寺孝蔵（「ぼく」）

語り手の小野寺孝蔵（「ぼく」）は、三流の広告代理店にコピーライターとして勤めている。上司の部長が代わった途端、昼休みは十二時から一時までと時間に厳しくなり、小野寺はここ一週間、出前の鍋焼きうどんを食べ続けていた。

その日は出前が早く来たため、彼は十二時に冷めた鍋焼きうどんを食べ始めた。同僚の赤木と美津子が、「学生時代にどんなアルバイトを経験したかという話」（328）[2]を始め、小野寺は彼らの話を聞く。

赤木の話は、「高校生のときの夏休みに三日で音をあげてやめてしまったという雨漏り防止設備の会社でのアルバイト」で、彼は「剽軽さとおかしさを交えながら」、「地獄の三日間」（329）を語った。

その後、赤木は小野寺に、「何か思い出に残るアルバイトの経験はないか」（329）と聞き、「いちばん思い出に残っていることを話せとせっつ」く。残りの休み時間（四十分間）では話し尽くせないからと小野寺は辞退したが、赤木たちは承知せず、小野寺も「ふいにあの最後の朝のぎらつく太陽が心の中いっぱいに膨れてきて、なぜか話さずにはいられない気持になって」（330）、話し始める。彼は、「脳裏に映し出されてくるさまざまな映像に精神が没入して行」き、「自分でも異様に感じるほどの興奮にかられてい」（330）く。

三　交通整理のバイト

小野寺（「ぼく」）が大学三年生の夏、父が亡くなり、金に困った彼は割りのいいバイトを探し、日当三千五百円（交通費別途支給）という仕事を見つける。

バイトの現場は「伊丹市昆陽」(331)で、「道路工事のための交通整理要員」の仕事であった。大阪の自宅から通うのにも時間がかかるし、夜勤ということできついものであった。

バイトの日、「ぼく」は夕食をしっかり食べ、現場である昆陽に向かう。そこは「無数の赤いランプが点滅して、ブルドーザーが二台動いていた」(331)。ブルドーザーの運転手に、バイト担当の伊藤の居場所を聞くと、「飯場におったでェ」と言われ、ぼんやりしていた「ぼく」は、「こら！　どきさらせ。ぼやーっとしとったらひき殺すぞォ」(332)と怒鳴られる。

「ぼく」は驚いてその場を去り、プレハブ造りの事務所で伊藤と会う。そこでは、四人の学生が「何やら心細そうな表情で立っていた」(333)。伊藤は現場主任―背は低いが、九十キロはある体躯で髭もじゃの人物―にバイト生がそろったと叫び、現場主任は「意外に穏やかな口調で仕事の内容を説明してくれた」。その仕事とは、道路の東西南北とその交差点にバイト生が立って、行き交う車の進行を制御することだった。だが、それは「タイミングが狂うたら、大停滞を起こして、収拾がつかんようになる」(333)仕事だった。そして、成り行きで「ぼく」が「いちばん危険で疲れる」交差点の真ん中に立つことになった。それは、南北東西に進む車に気をつけなければならず、「ダンプかブルドーザーの下敷きに」なる危険性もあった。「死ぬか大怪我したやつが、これまでにも二、三人おるんやから」と、現場主任は「いやに真剣な顔つき」(334)で言い、仕事はすぐに始まった。

信号機は切られ、東西と南北からやって来る車がアルバイト学生の指示で停止した。その途端、ダンプの荷台がせりあがり、巨大な量の熱いアスファルトがぼくのすぐ傍に積み上げられた。

「こらァ！死にたいのかァ」

主任がぼくを見て大声を張りあげた。ぼくは安全なところを捜して走った。（中略）

アスファルトの匂いと、通過する無数の車の排気ガスで、一時間もたたないうちに喉が痛くなった。ここで十日間働いたら、ぼくは死ぬかも知れないと本気で思った。（335）

が、十二時を過ぎると車も減少し、深夜三時を過ぎると涼しくなり、車の量もぐっと減った。しかし、ダンプは相変わらず猛スピードで走り、ブルドーザーも動き廻っていた。「ぼく」は、「ただの一瞬たりとも気をゆるめることは出来」ず、「足は棒のようになり、土踏まずのところが熱がたまったみたいに疼き始め」（337）る。そんな「ぼく」を見かねて、現場主任は別の作業員に肩代わりさせて、「ぼく」に休憩を取らせる。休憩後、仕事に戻った「ぼく」は必死で車を誘導して、「六時まではあっという間だった」（339）。「ぼく」は疲れ切って自宅に帰る。

晩になり、「ぼく」はまた現場に出かけた。その日の仕事は、国道の北側に立ち車をさばくことで、「きのうと比べると何倍もらくだった」（341）。そして、バイト生たちの間に「連帯感のようなものが生まれ」、交差点の真ん中にいる者のために、一時間に一回の休憩が取れるように交代したり、缶ジュースを買って配り合うようになった。

そんな大変な十日間が過ぎ、工事が完了し、「ぼく」たちは十日分の賃金と一万円の祝儀をもらい、仕事（バイト）は終わった。

だが、仕事の過酷さが「ぼく」にとって、「いちばん思い出に残っている」（330）理由ではない。バイト中に出会った男（江見）と彼の依頼（トマトを買うことと手紙を投函すること）、そして、彼の死と彼に託された手紙の紛失が、一番の思い出の理由である。

四　男とトマトと手紙

バイトの一日目、「ぼく」がタオルを取りに飯場に帰ると、蒲団の敷きっ放しの部屋に、痩せた中年の男が寝ていた。「ぼく」が麦茶を持っていくと、彼は「ぼく」に、「トマトが欲しいんじゃが…」（337）と言う。休憩時間に男のことを主任に聞くと、おととい来て、昨日の夕方倒れたのだと言う。日雇い労務者なので、会社の金での治療や労災の適用もできず、かつ「本名も名乗らず、出身地も年齢も明かさない」ので、「面倒が見かねる」（338）とのことだった。

その後、飯場に戻った「ぼく」はまた麦茶を持ち、男の傍に行った。「ぼく」が麦茶を勧めると、男は「小声で礼を言った」（339）が飲まなかった。また、「ぼく」が医者に診て貰うように言うと、「男は笑顔で応じたが、何も言わず目を閉じてしまった」（339）。

> 暗くて顔もはっきり見えなかったが、ぼくは男がかなりの重病なのではないかと思った。父が死ぬ五日ぐらい前にも、ぼくはもうあと五日か六日程度しかもたないだろうと理由もなく予感したのだが、蒲団に横たわっている男の体の薄さに、死期の迫っている病人特有の翳りがあった。（339）

男はまた、トマトを買ってきてほしいと言う。「ぼく」は翌日、伊丹駅の近くでトマトを五つ買い、「現場に着くと、すぐに飯場の奥で寝ている男のところに行」き、「トマトを男の枕辺に置」いた。（341）

数日後、寝たきりだった男が「ぼく」を呼び、「枕の下から一通の封筒に入った手紙を出し」、「どこかのポストに入れてくれないか」(342)と言った。承諾した「ぼく」は、男の枕元に五つのトマトがあるのを見る。男は、「袋の中からトマトを一個取り出して胸の上に大事そうに置くと、両手で撫でたりさすったりし」(342)ていた。

立ち去ろうとする「ぼく」に、男は手紙の投函を再度依頼し、「ぼく」は振り返った。

> 男の目がぼっと光っていた。男は目にいっぱい涙をためて、トマトを両手に包み込み、それを強く抱きしめているのだった。(342)

「ぼく」がまた、医者に診てもらうように言うと、男は「わしゃあ、もうそんなに長いことはありませんのです」(343)と言い、顔をそむけた。手紙には、鹿児島県の宛先と川村セツ様という名前があり、差出人として江見弘という名前があった。「ぼく」は手紙を尻ポケットにしまい、仕事に戻った。

その夜の二時過ぎに救急車が来て、血を吐いた男(江見)を病院に連れて行ったが、末期の肝硬変だったらしく、病院に着くとすぐに死んでしまった。「ぼく」が飯場に行くと、

> 男の寝ていた蒲団のまわりは、血の海のようになり、その中に腐りかけたトマトが五つ転がっていた。(中略)畳の上一面にひろがっている血の中のトマトは、まるで男の口から噴き出たという多量の血の丸いかたまりのように見えた。(345)

このあたりの描写は安藤始氏が言うように、「熟したトマトと血を直接的に描き、死のイメージを色彩的かつ映像的に見せてい」[3]て印象的である。

その後、「ぼく」は男から託された手紙がないことに気づき、「必死で捜しまわったが、手紙はみつからなかった。」(346)今日の持ち場だった交差点には、新しいアスファルトが敷きつめられていて、「ぼく」は、落とした手紙がこの下にあると推測した。

> ぼくは、ここで手紙を落としたのだ。そうとしか考えられなかった。そして手紙は熱いアスファルトの下に永久に閉

じ込められたのだ。（347）

「ぼく」はアスファルトをはがしてくれるように、ブルドーザーの運転手や主任たちに頼むが、無理だと断られる。「死期を知った江見弘は、最後の力をふりしぼって、川村セツという女に手紙を書いたのだ」（349）。そんな大事な手紙を「ぼく」は紛失した。死んでいこうとする男の依頼を、裏切ったのだ。そのことが「ぼく」を苦しめる。

ぼくは仲間たちが去ってしまってからも、長いあいだ、工事現場のあちこちをほっつき歩いた。ぼくは地面と照りつける朝日を、何度も交互に見つめた。（349）

「ぼく」の胸中には悲しみと罪悪感、そしてどうしようもできない無力感などが訪れる。

五　後日談―トマトと「ぼく」―

大学を卒業した後も、「ぼく」はこの出来事が忘れられない。「ぼく」は、男の「トマトを両手に握りしめて涙ぐんでいた姿」を、「どうかした瞬間」（349）に思い出し、「血の海の中に転がっていた腐った五つのトマトが、猛烈な勢いで目の前を走り過ぎ」、「鹿児島県、川村セツ様という文字が体の奥深くから亡霊のように浮き上がってくる」（349）。[4] それらは「ぼく」の奥深くに存在し続け、「ぼく」を脅かす。「ぼく」は、トマトの意味や手紙の内容について考え込んでしまうが、答は見つからない。[5] それらは、「ぼく」に取り付いた亡霊に似ているし、死のイメージが濃い。

「ぼく」は、トマトが食べられなくなってしまう。トマトは男の血のかたまりの象徴であり、安藤始氏の言う「人生の烈しさと、死の強烈なる様」[6] にも通じていよう。江見は人生の敗北者（死者）であり、それ故に彼の依頼は重かったのである。

過酷なバイトと、男の死とトマト。そして、彼に頼まれた手紙の紛失が切実な記憶として、これからも「ぼく」に存在し続けるだろう。この点は荒川洋治氏が言うように、「いろいろと分別を着込んで、人を置きざりにしたり、読みちがえたりして、平気で過ごしている」[7]大人になっていない、「ぼく」の人の良さ・優しさ（ある意味では弱さ）を表している。だが、同じ回想でも、「五千回の生死」のような「とっておきの話」とは違い、「トマトの話」は後ろ向きのつらい思い出話である。江見は死者として「ぼく」に頼み続け、「ぼく」はそれに答えられない[8]。

「トマトの話」は、死者への取り返しのできない罪悪感を担い続ける、優しい男の物語である。

注

（1）（3）（6）安藤始『宿命と永遠―宮本輝の物語―』（おうふう　2003・10）による。

（2）本文の引用は『宮本輝全集』13（新潮社　1993・4）による。（　）内の数字は、全集のページ数である。

（4）似たようなものとして、「こうもり」の最終場面で、主人公の体の中からこうもりが噴き出すという幻想がある。いずれも死のイメージが強いが、したたかな「こうもり」の主人公に比べて、「ぼく」（「トマトの話」）の方が良心的であるだけ、トマトの幻想が重く、主人公の罪悪感がにじんでいる。

（5）こういう場合、現実的に考えれば、鹿児島県の市町村や警察に事情を話して、「江見弘」・「川村セツ」のことを問い合わすのは可能ではなかろうか。もちろん、これは小説であるから、江見のことが不明であればあるほど、「ぼく」の苦悩や罪悪感は深まる仕掛けになっている。

（7）荒川洋治「解説」（『五千回の生死』新潮文庫　1990・4）

（8）逆の構図として、「幻の光」中のゆみ子と亡き夫との関係―すがる生者と拒絶する死者―が想起される。もちろん、江見と「ぼく」の間には、ゆみ子たちのように深い縁（絆）はない。それが、この作品（「トマトの話」）のエネルギーの弱さを生んでいよう。

十六 「力」

一 はじめに

「力」（『文學界』1983・11）は、「トマトの話」（『文學界』1981・11）や「錦繍」（『新潮』1981・12）のあと、「五千回の生死」（『文藝』1984・8）の前に発表された作品である。内容は、社会人の「私」が小学一年生時の自分や父母を回想するものである。安藤始氏は、「宮本輝は『力』に描かれた子供時代のことを『想像の産物』と書いていたが、それは作者の両親の愛情に対する韜晦のなせるものではなかったか」[1]と指摘する。確かに、この作品には、両親に愛された「私」が描かれている。入学式の日の登下校の母の付き添いや、翌々日に一人で登校する「私」を、隠れて見守る母の「やきもき」（364）[2]には母の「私」への愛情があり、その後、母から「私」の通学の様子を聞いた父の哄笑や安心感には、父親の愛情がある。荒川洋治氏は、父の「このくだりを読むだけで、涙がぽろぽろ出てしまった。なんて、いいお父さんだろう。なんて美しい家族だろう」[3]と評価する。だが、父の子への愛情はそうだとしても、作中の夫婦喧嘩の描写を読む限り、「美しい家族」とは言いがたい。「私」の母親への愛情は普通だとしても、父親に対しては母と同様、「愛情と憎悪が交錯」（363）しているのではないか。父親が自分を可愛がっていることは分かっても、「父の酒癖の悪さ」（363）による母への暴力は、父への憎しみへと通じていよう。

そのせいか、現在の「私」の状況や心情、そして「私」の登校時に出会った人物たちには、作者の韜晦や小説的効果を考慮しても、暗さが漂う。

それは、作品の舞台となる「路地」に、マイナスのイメージ―「そこに入り込んだら、怖いおじさんがたくさんいて、私をどこか遠くへ連れて行」(359)くや、「一度踏み込んだら最後、二度とあと戻り出来ない道」(362)などーが強い点からも、そして、現在の「私」にとっても、「私の幼いうしろ姿は、私という人間の中の路地に帰って行った」(365)とあるように、「力」の路地にはどこか暗く迷うイメージがある。

以上の点を踏まえて、この作品が母の子への愛情や懐かしさだけでなく、複雑なものを含んでいることを考える。

二　現在の「私」

作品は、現在の「私」の描写から始まる。「私」は営業の仕事をしているが、「決まりかけていた商談」が決裂し、人生の敗北者のごとく「深い失意に包まれ」、「とぼとぼ路地を歩きまわり」(354)、この公園にやって来たのであった。この「私」の落ち込みぶりは普通ではなく、作品冒頭から暗さがまとわりついている。

やがて秋の西日が雲に遮られ暗くなり、「そろそろ帰ろうと思った」(353)とき、年代物の服装の「貧しそうな老人」から、「お仕事、大変ですな」と声をかけられ、会話を交わす。その会話の最後に、老人は、「元気が失くなったときはねェ、自分の子供のときを思い出してみるんですよ。これが、元気を取り戻すこつですなァ」(354)と言う。

「私」は、「遠ざかって行った」老人に「憎悪の感情を抱」き、「そんな時代の自分を思い起こすことが何になろう。そんな時代に還れるはずはなく、郷愁は失意におもしを載せるだけではないか。」(355)と思う。このときの「私」は、「ひどく気落ちしてい」(354)たので、老人の言葉を悪く取り、憎悪の念を抱いたのだろう。

だがそれでも、公園にやって来た「鎖をつけた犬に散歩させられている少年」の姿から、「ランドセルを背負ってひょこひょこ歩いて行く小学校一年生の私のうしろ姿が見え」(355)てくる。

三　小学校一年生の「私」

場面は、小学校一年生の回想へと移る。その頃「私たち一家」は、「大阪市北区の最西端に住んでいた」(355)が、家から遠い曾根崎小学校—「北区では最も程度が高く、有数の進学校である高校に入れるルートの、最初の出発点」—に通うことになった。そのためには、バス通学をしなければならないが、「私は幼いころからよく迷い子になって、両親を慌てふためかせたことが幾度となくあったので、はたして無事にひとりでバス通学が出来る」かどうかが、「父や母の一番の心配点」(356)になる。

そんな夜、母が「あんたがおんば日傘で育ててしもたから」と口を滑らせ、父が怒り始め、あやうく喧嘩となりかかる。その諍いの声を聞いて、まだ眠っていなかった「私」は、「蒲団から出ると襖をあけ、『お父ちゃん、お母ちゃんを殴らんといてや』と哀願するように言」(357)う。そのせいもあり、二人の喧嘩は収まり、母は「私」に付き添って、入学式とその翌日、「行き帰り一緒に付いて」(356)いくことになる。

入学式の日、母は「私」とバスに乗り、「大阪駅の向かい側」の停留所で降りる。母は「私」に様々な注意を与え、小学校までの道筋を教える。帰りも母と一緒であった。母と一緒の二日間は、問題はなかった。そして、三日目に「私」は「ひとりで学校へ行くこととな」(359)る。（実は、父親の言いつけで、母親がこっそりと付いて来ていたが、「私」はそのことを知らなかった。）

「私」は一人でバスに乗り、車中でふざけて「定期券入れを力一杯振り廻」し、老人に怒られる。続いて、乗客から「私」の頭の小ささをからかわれ、「私」は「むきになって」、「一年三組には、ぼくよりもっとちっちゃい子が三人もいてるでェ(360)」と言う。乗客や運転手は笑うが、それは、好奇心や好意からであろう。

バスから降りた「私」は、母といた昨日とは違い、「ビルと車と人々の群れが私をたじろかせ」、「物珍しく楽しい風景」が、「なにかしら冷ややかな化け物みたいに見えて」(361)、立ちすくむ。そのとき、地下足袋をはいた男が追い越していき、「何かにつまずいてよろめき」、弁当箱を落とし、その「中味が散乱」する。「男は汚れた飯を拾い、メザシと梅干を集めて地べたを這」う。「あきらめて立ち去る際の、男の哀しそうな顔が私をさらに心細くさせ」(361)る。

「私」は「御堂筋を横切り」(362)、曾根崎警察署まで行く。そこで、煙草の吸い殻を集めていた「大きな竹籠を背負った垢だらけの老人」(362)から突然、「こら、お前、なんでいままで、わしに手紙のひとつも出さなんだや」と怒鳴られる。「私」は驚いて、「警察署の前まで逃げ」(362)る。

「私」は、ちょうど通りかかった上級生の一団に付いて行く。彼らは、質屋の路地に入り込み、倒れていた「上半身裸の男」(362)に向かって、「わあ、死んでる。死んでる」(363)とはやしたてる。「男は酒臭い息をはずませて起きあがり」、「ふらつく足で追ってこようとしたが、尻もちをついて、そのまま路上に横たわ」る(363)。「私」も「死ね、死ね。死んでまえ」と言う。その後、上級生たちは喚声を上げて、校門への路地に向かい、「私は慌ててあとを追った」(363)。

以上で、「私」の回想が終わる。登下校中の幼い「私」の言動と、登校中に出会った人々―弁当を落とした労務者や吸い殻拾いの老人、酔っ払って路上で寝ている男など―の描写は印象的であり、老人と酔っ払いには、当時の世相をそのまま描いたとしても、異様さが感じられる。

四　母の回想と父

場面は現在（正確には一年前）に変わり、「別段隠していたわけではなく、忘れていたのだ」（364）との「前置き」に続いて、母の話（回想）が始まる。

あの日、父は母に「よっぽどのことがない限り」（364）、こっそり「私」のあとを付けるように言っていた。母は、もたもたしている「私」に「うしろのほうでやきもきしながら」も、我慢して「隠れてた」（364）が、「私」が「もく拾いのお爺さんに、わけのわからんこと言われて、鉄砲玉みたいにあと戻りしたとき」、母は「たまりかねて声をかけた」（364）。しかし、「私」は気付かなかった。続いて、「路地で、ぐでんぐでんの男に『死ね、死ね。死んでまえ』っちゅうて叫んだときは、お母ちゃん、足ががたがた震えたわ」と言う。母親の心配と愛情がよく分かる箇所である。当時の「私」は、母から「けったいな子ォやわ」（358）とも思われていたが、それだからこそ、「私」に愛情を強く持っていたのだろう。

そして、「私」の一部始終を聞いた父の笑う様子を、母は次のように語る。

お父ちゃんがあんなにおかしそうに笑いはったのは、商売がつぶれてから、あとにも先にも、あのときぐらいのもんやったやろ。よかった、よかった。あの頼りないやつでも、これでひとりで生きていけるめどがついた。（364）

父親の喜びと安心感は分かるものの、母親のように「やきもき」したり、心配する方が普通なのではないか。「私」の多くのハプニング―道を間違えるし、異様な人間にも出会う―や、「私」の不器用さを考慮すると、「これでひとりで生きていけるめどがついた」と、安心するのは早すぎるだろう。[4]

五　現在の私

母の話（回想）が終わり、場面は現在の公園に戻る。

　私の姿は消えていた。（中略）けれどもこれは、つい一年ほど前母から聞いた話をもとに、私がある夜、感傷と陶酔の入り混じった心で創りあげた想像の産物なのである。私の幼いうしろ姿は、私という人間の中の路地に帰って行ったのだろう。(365)

「私」の回想は、幼い自分を愛してくれた母（と父）の存在があって、重みが生じる。つまり、自分を見守ってくれた母や父の愛情を実感し、「私」の力となる。[5] ただし、現在の「私」にとって、それらが生きる力にまで到っていない。[6] 小学校一年生と現在の私との間には距離（ズレ）があり、両者がうまく接続していないのである。（もちろん、小学一年生の「私」はそういうことには無自覚であろう。）

過去の「私」はともかく、現在の「私」は苦難にうちひしがれていて、生きる力を持てない。[7] それが、この作品の弱さ、エネルギーの少なさを表していよう。つまり、公園で出会った老人が言うように、少年時代から「元気」を得るのではなく、現在の「私」は屈折していて、前に歩き出す力がなく、それが作品を覆う雰囲気となっている。

「力」は、川三部作が持っていたような過去への温かさはなく、後戻りできない「路地」に帰っていく感がある。過去が現在に力を与えないと言うと、言い過ぎかもしれないが、そんな喪失感がこの作品には漂っている。少なくとも、「五千回の生死」の主人公が得たようなエネルギーを、「私」（「力」）は得ることはない。

注

（1）安藤始『宿命と永遠―宮本輝の物語―』（おうふう　2003・10）

（2）本文の引用は、『宮本輝全集』13（新潮社　1993・4）による。（　）内の数字は、全集のページ数である。

（3）荒川洋治「解説」（新潮文庫『五千回の生死』　1990・4）

（4）例えば「蛍川」で、中学生の主人公（竜夫）が、父の古い友人（大森）から借金できたような出来事であれば、「これでひとりで生きていけるめどがついた」と言えるのではないか。

（5）ただ、力を持つとは言え、例えば「五千回の生死」の主人公ほどの強さはないだろう。「五千回の生死」の主人公の体験が、当人にとって重いのは、主人公と男との濃密な交流があったからである。

それに対して、作品「力」の場合、（この作品に描かれた状況に限定すれば）、「私」の二日目の登校には、「私」と母の直接の交流はない。「私」は一人で登校したのであり、母は見守っていたにすぎない。

（6）「五千回の生死」では、死から再生する男の「生きる力」が描かれており、語り手の「私」はそれに強く感動している。それは過去のみならず、後年に旧友に語るときも力を持っている。対して、作品「力」の場合はそういった状況はなく、小説としても弱い。

（7）例えば、「小旗」の「私」は、交通整理をする若者に力を貰い、父の死への反省や生きる力を得ている。そうした力と比べても、こちら（作品「力」）の方は弱いと思われる。

やはり、作品（「力」）全体の雰囲気は前向きというよりも、後ろ向きであり、主人公の思う過去は「路地」の中にある。かつ、現在はくすんでいて、初期作品の多くが持っていた生へのエネルギーと比べても、弱いと言わざるを得ない。

十七　初期作品と「死」

宮本輝の初期作品で、「死」が描かれたものは少なくない。その中から、作中の「死」が重要な役割を持っている、即ち、死が主人公たちに衝撃を与えている作品として、「螢川」・「幻の光」・「星々の悲しみ」・「小旗」・「トマトの話」・「錦繍」を取り上げる。

作品発表の時間的幅（約五年間の幅）を考慮しつつ、作品中の「死」の描かれ方や、主人公たちの「死」（死者）に対する思い、そして、それらがどう変わっていくかなどを考える。

一　「螢川」

「螢川」中の死と言うと、竜夫の父親（重竜）の病死と、竜夫の友人（関根）の事故死がある。まずは重竜の死から見ていく。

若い頃の重竜は覇気に満ちた男であったが、六十歳を過ぎてから、精神的にも経済的にも弱っていき、脳溢血で倒れる。次の引用は、竜夫の蛍の話に対しての重竜の反応である。


彼は泣き笑いの表情のまま、いつまでも同じ言葉を繰り返した。

「ゆきが、ほたるよ。……ゆきが、ほたるよ」

竜夫はベルトから父の手を離そうとして立ちあがった。どこにこんな力が残っているのかと思えるほど、重竜の指は

しっかり竜夫のベルトを握りしめて離さなかった。重竜は泣いていた。(116)

重竜は不自由な体で、「泣き笑い」、竜夫に「しがみつ」いていく。そんな父親に、竜夫は愛情よりも「怖さ」を感じ、「逃げて行きた」(116)くなる。ここでは、父親の愛情をうまく受け止められていないが、父が危篤になったとき、彼は父への愛情を感じている。

病院に向かうため市電に乗り、竜夫は「父さんが死ぬがや、父さんが死ぬがやと胸の内で口ずさ」む。父親の愛情の記憶が彼に押し寄せ、「わっと大声をあげてのけぞりそうにな(123)」る。

その後、病院に着き病室に入ると、昏睡状態の父親が目を覚ます。

> たった一日で驚くほど痩せこけてしまった重竜は、そのとき、うっすらと目をあけた。看護婦があっと叫んで千代と竜夫を見た。重竜は顔を歪めて泣いた。声もたてず涙も流さず、それでも精一杯顔筋をひきしぼって泣いたのである。(124)

ここに父親の愛情と哀しみがあり、竜夫は父親の愛情を感じたであろう。

やがて父が死に、蛍狩りに向かう道中で、竜夫は父を思い出す。

> 言葉を失った重竜は、いつか竜夫の問いに対して、「……いね」と必死につぶやいたことがある。あれは〈帰れ〉ではなく蛍の出現する時期を教える言葉だったのかも知れないと思った。(中略)竜夫はそのときの父の泣き顔と自分にむしゃぶりついてきた恐ろしい動きを思った。(138)

そこには父の子への愛情とともに、生への執着や死への恐怖もあったろう。竜夫は回想という形で、父の死を受け止めようとしている。

この作品のもう一つの死は、関根の事故死である。関根は竜夫に、「これからずっと俺と友だちでおるちゃ」(114)と英子の写真をくれ、一人で用水路に釣りに行き、水路に落ちて死んでしまう。翌日それを聞いた竜夫は、

「押し入れの中に潜り込」み、「襖を閉ざして、狭い押し入れの中に身を屈め、隙間からこぼれてくる光を睨んでいた」(118)。竜夫の茫然自失ぶりと、悲しみの大きさが分かる。

その後、竜夫は事故現場(用水路)に行き、「得体の知れない怒りと哀しみが湧き起こ」り、「目の前の蝶が、関根圭太を殺したように思」い、「蝶めがけて石を投げ」(119)る。友人の死は不意打ちであり、「怒りと哀しみが湧き起こ」るのも無理はない。関根とともに過ごす筈であった未来が、消失したのである。関根の突然の死に対する怒りや悲しみ、そして、喪失感が竜夫を襲っている。

以上のように、この作品では、死者の生者への、そして生者の死者への愛情が描かれるが、主人公は近親者たちの「死」に動揺し、「死」を突然やってくる恐ろしいもの・悲しいものとして感じており、喪失感が強い。

二 「幻の光」

「幻の光」の死は、ゆみ子の前夫「あんた」の自殺である。その自殺の理由が不明なため、ゆみ子は混乱する。そして、彼女は、列車に轢かれる直前の夫の姿―「雨あがりの線路の上をとぼとぼ歩いてるあんたのうしろ姿」(38)―を想像する。しかし、夫は振り返るが何も語らず、ゆみ子を置いて去っていく。それは彼女に哀しみとともに、「無意識のうちにあんたに話しかけてしまう習慣」と「不思議な歓び」(53)を与える。

思い描くだけで心が冷とうなってしまうそのうしろ姿に話しかけると、わたしのもうひとつの心は、何かにのめり込んで酔いしれていくような、不思議な歓びをはっきりと感じてしまうのやった。(53)

それは、ゆみ子の再婚後も続く。彼女が再婚先で日常生活の幸せを感じていると、「あんた」のことを思い出し、「ああ、あれがあんたと勇一やったら、どんなにしあわせやろと思って」しまう。そして、ゆみ子は亡き夫に「恐ろしさ」を感じながらも、その「恐ろしさにひたってしまう」（61）。ゆみ子は夫の自殺した空間に転移する。

同じようなことが、「あんた」に似た男の後（曽々木の海ぞいの道）を追いかけたときにも起こる。

そのとき、黒々とした空も海も、波しぶきも潮のうなり声も、氷のような雪片もかき消え、わたしは夜ふけの濡れそぼった線路のうえのあんたと、二人きりで歩いていたのでした。（61）

そして、「あんた」は「死たいだけ」であり、「何て寂しい可哀そうな人やったんやろ」（62）と、「あんた」の不幸を実感して、「もうどうでもええ、しあわせなんか欲しいない、死んだってええ」と彼女は思う。ここには死者への強い共感と愛情がある。

そして、夫の死は、「地団太を踏むような悔しさと哀しさ」（76）であったと同時に、その「おかげで、きょうまで生きてこれた」。つまり、「あんたのうしろ姿に話しかけることで、危うく萎えてしまいそうな自分を支えつづけ」（76）、自分を生かしてきたのをゆみ子は知る。

最終場面でゆみ子は、「曽々木の海の、荒れたり凪いだりしてるさまを眺め」、「ひとりうっとり」する。そして、「ひょっとしたらあんたも、あの夜レールの彼方に、あれとよく似た光を見てたのかも知れへん。」（77）と思う。そして、ゆみ子は次のように言う。

ああ、やっぱりこうやってあんたと話し込んでると気持がええ。話し始めると、ときおり体のどこかに、きゅうんと熱っぽい痛みが湧いてきて、気持がええのです。（77）

亡き夫（死者）との繋がりが、ゆみ子に痛みと快感を与えていて、死は恐いものとは捉えられていないし、死者は情念の中で身近なものとして感じられている。

三　「星々の悲しみ」

「星々の悲しみ」の死は、画家・嶋崎久雄と友人・有吉の死である。

この作品は、油絵〈星々の悲しみ〉の解釈の変更を伴って展開する。最初「ぼく」は、絵のモデルを画家にして、「哀しいイリュージョンをそのまま一枚の絵に封じ込め」、「あらゆるものの死をそのまま絵の題にした」(209)と解釈した。

違う解釈をしたのは、妹の加奈子であった。彼女は絵の青年は死んでいて、画家は「自分の死んでる姿を描いたんやて思う」(221)と言う。「ぼく」は否定するが、有吉の死後には、妹と同様の見解になっていく。このように作品では、死が直視されていく。

作中のもう一人の死者となる有吉は、ひどい腰痛のために九月に入院し、三ヶ月の間に病状が急に悪化する。「ぼく」が最後に見舞いに行ったとき、彼は「変わり果ててしまっていた」(231)。そのとき、「ぼく」は「烈しい恐怖と憂愁に、夕暮の彼方から手招きされているような気持に包まれ」、「何かに祈りた」(232)くなる。祈ることによって、「決定的な絶望」(232)に勝とうとしたのである。

有吉は、立ち上がった「ぼく」が帰ると思い、「またな」と言い、「もう一度、『またな』と言って、笑った。」(232)　彼は死を覚悟しているが、「ぼく」に再会への言葉と笑顔を見せる。死にいく者(有吉)の好意がここにある。

有吉の死後、絵を元の喫茶店に返そうとした「ぼく」は、絵を見て、「結局いつかの加奈子の解釈が、いちばん正しかった」(238)と思う。「ぼく」は、絵の中の青年を死んだ有吉にして、「この絵にもっともふさわしい題名は確かに『星々の悲しみ』」だとする。そこには、有吉に対する愛情と死への哀しみがある。

そして、それは一つの飛躍を呼ぶ。作品最終部で「ぼく」は、「なぜか、有吉とまたどこかで逢えそうな気がし」て、「ふいにぼくの心に、有吉の最後の笑顔が浮かんできた」(240)のである。

死者との再会はあり得ないが、「ぼく」は、有吉の言葉(「またな」)と笑顔に、再会を思う。それは、前出の「祈り」とも通じていよう。そのとき、死は有吉と「ぼく」を、決定的に隔てていない。有吉も「ぼく」も、(そして「星々」も)、「悲しみ」という点で同じ存在であり、祈りを通じて、生者は死者に近寄り、死者も近づこうとしている。

前作の「蛍川」の死者にそういう働きはないし、「幻の光」では生者は死者を想うが、両者の間には距離があり、心の繋がりはない。「星々の悲しみ」では、死は「恐怖と憂愁」を与えるが、死者による生者への癒しがあり、祈りによって再会の希望が生じている。

四　「小旗」

「小旗」に登場する死は、「ぼく」の父の死である。事業に失敗し、借金取りから逃げていた父は他の女と暮らしていたが、「四ヶ月前の寒い夜」(292)に、脳溢血で倒れる。父は、同棲していた女が同じ病室の男と浮気して、「ますます暴れるようになり」(294)、完全看護で無料のS精神病院に転院させられる。その後、父は危篤に陥り、「ぼく」は病院にいた母から父の死を知らされる。

翌日「ぼく」は病院のあるG駅に行き、バスでS病院に向かう。途中で交通整理のために、旗を振る青年と出会う。やがてS病院に着き、母と会った「ぼく」は、二人で病院の庭に出る。「まさか、こんな辺鄙なところの精神病院で死のうとは、お父ちゃんも考えもしてなかったやろなァ…」(298)との母の言葉に、「ぼく」も「うん、そうやなァと返事しながら、笑顔をつくって花壇」を見る。二人は「長い時間、無言で日なたぼっこをしていた」。ここには、穏やかさが漂う。「ぼく」の父への屈折した心は平穏な状態になり、交通整理の青年との再会により、変化していく。

「ぼく」は外へ出て、再び小旗を振る青年を見る。

赤い小旗が振られるたびに、ぼくは何もかも忘れて、青年の姿に見入った。そうしているうちに、父が死んだことが、たまらなく哀しく思えてきた。ぼくは、父の死に目に立ち会わなかったことを烈しく悔いた。(300)

旗を一心に振る青年の真摯さによって、「ぼく」の心が開かれ、「ぼく」に父の死への悲しみや後悔が訪れる。「小旗」では父の死よりも、青年との出会いに比重があるが、父の死から逃げていた「ぼく」が青年の真摯さによって、父の死を受け止められるようになった。そして、最後の一文に「心の中で、色褪せた赤い小旗はいつまでも凛凛とひるがえっていた」(300)とあるように、「ぼく」は父の死と向き合い、生へと向かうのである。

五 「トマトの話」

「トマトの話」は、大阪の広告代理店に勤務する「ぼく」(小野寺孝蔵)の、大学三年生時の体験談―交通整理のバイトと、その飯場にいた病人(江見弘)の死をめぐるもの―である。以降、病人の死を中心に考える。

バイトの一日目、「ぼく」がタオルを取りに飯場に帰ると、痩せた中年男が寝ていた。彼は濁った声で「トマトが欲しいんじゃが…」(337)と言う。「男の体の薄さに、死期の迫っている病人特有の翳りがあ(339)」り、「ぼく」は死んだ父を思う。

男の依頼を受け、「ぼく」は翌日、トマトを五つ買い、男に渡す。その後、寝たきりだった男が「ぼく」を呼び、一通の手紙の投函を頼み、「ぼく」は承知する。

しかし、その夜中に、男は血を吐き、病院に連れて行かれ、すぐに死んでしまう。「ぼく」は後始末のため、男の寝ていた部屋に行く。すると、

男の寝ていた蒲団のまわりは、血の海のようになり、その中に腐りかけたトマトが五つ転がっていた。（中略）畳の上一面にひろがっている血の中のトマトは、まるで男の口から噴き出たという多量の血の丸いかたまりのように見えた。(344)

その後「ぼく」は、男から託された手紙がないことに気づき、「泣き出しそうになって」、必死に探し回る。そして、「新しいアスファルトの道」の下に、「手紙を落とした」(347)と推測する。

バイトが終わり、「大学を卒業してこの広告代理店に勤めるようになってからも」(349)、「ぼく」は「どうかした瞬間」に、男の姿を思い出し、「血の海の中に転がっていた腐った五つのトマトが、猛烈な勢いで目の前を走り過ぎ」、「鹿児島県、川村セツ様という文字が体の奥深くから亡霊のように浮き上がってくる」(349)。

その結果、死者との約束を果たさなかった罪悪感のためか、「ぼく」はトマトが食べられなくなる。つまり、江見の死は切実な記憶となって存在し続け、「ぼく」はそれらを背負っていかなければならないのである。

この作品では、生者が覚えている限り死者は存在し続け、（「小旗」の場合とは逆に）、罪悪感によって、死者（死）が重みを持つことが描かれている。

六　「錦繍」

「錦繍」には、令子の祖母の息子たちや由加子の死がある。まずは、令子の祖母の息子たちの死を考える。彼女は孫の令子に、自分の奇形の手を見せつつ、「因果応報」を語り、死者との再会を語る。彼女は、「死んだ息子たちと、またどこかで逢えるかもしれない。いや、きっと逢えるに違いない」と思う。そして、「そう思うと、たとえようのない歓びを感じて涙を流し、たとえようのない哀しみも感じて涙を流」(123)すのである。令子も祖母の通夜のとき、「祖母は死んだ息子たちと、生前どこかで逢っていた」(124)と思い、深い哀しみと歓びを感じる。

「幻の光」では、ゆみ子は死者たる前夫との(想像での)再会に「不思議な歓び」を感じるが、「錦繍」ではより強い歓びである。生者は死者との再会を思い、「深い哀しみと歓び」を感じるのである。

次に、由加子の死である。

由加子が心中を図った理由は分からないとしても、彼女の死は有馬に罪悪感を抱かせる。つまり、由加子は時間の経過とともに消えていくのではなく、在り続ける存在である。有馬が心中場所(清乃屋)を十年後に再訪したとき、由加子は彼の「幻想」の中で、次のように蘇る。

> 私はその由加子の姿を思い出し、本当にもうじき彼女がやって来るような幻想に襲われました。令子の祖母が言った、またこの世で逢えるかもしれないというあの話が、ある真実味を帯びて思い出されて来ました。(161)

有馬は、「由加子がうつ伏せて死んでいる姿を目の前に見ながら、そんな妄想とも現実ともつかない思いにひた」(163)る。しかも、有馬自身かつて死に近づき、「死んで行こうとしている自分を見つめている、もうひとつの自分」（106）に直面していた。

有馬は自分の臨死体験や由加子の死を経て、次のように思う。

すべての人間が、死を迎えるとき、それぞれがそれぞれの為した行為を見、それぞれの生きざまによる苦悩や安穏を引き継いで、それだけは消失することのない命だけとなって、宇宙という果てしない空間、始めも終わりもない時空の中に溶け込んで行くのではなかろうか。（163）

宇宙は「命」が集合するところであり、人間の「命」は、そこで永遠に存在し得るというのである。「星々の悲しみ」での主人公の有吉との再会の予感は、「錦繍」でより深化している。

換言すれば、「錦繍」では令子の祖母や有馬たちの不思議な体験により、死と生が同一視されていく。つまり、「蛍川」や「トマトの話」に見られたような生者を脅かす死の存在が、生者の死者への、かつ死者の生者への愛情により両者が接近していき、死が祈りによって越えられたとき、魂を揺るがす力―「深い哀しみと歓び」―を持つのである。

「錦繍」では、「生きていることと、死んでいることとは、もしかしたら同じことかもしれない」（亜紀の言葉192）というレベルから、人間は死を迎えて「生命そのもの」となり、宇宙の中で一体化する。これは死に対する一つの回答であり、一つの到達点であろう。

また、「錦繍」後の作品で、生と死の繰り返しを短時間で行っているのが、「五千回の生死」である。「俺」の出会った男の生死の転変は、病気（宿命）として起こったのだろうが、「俺」は男の「死」を垣間見て、かつ、男の再生の実感によって癒されている。そのとき死は乗り越えられ、「錦繍」の亜紀と同様、生に対する勇気が描かれている。（この生への勇気は、「小旗」の主人公のものよりも強いだろう。）

七　まとめ

以上見てきたように、「蛍川」の場合、死は恐ろしいものであったが、徐々に受容され、死者への愛情から、死者との関係も近づき（「幻の光」）、死者との再会が語られる（「星々の悲しみ」など）。そのとき、生者は「哀しみと歓び」を得る（「錦繍」など）。

また、生者は死者に、時として罪悪感を持つ（「トマトの話」）が、生者が死者に好意を持っている場合、死者から生きる勇気や力を得ている（「幻の光」「錦繍」など）。

すべての初期作品が、「死」と関連して書かれている訳ではないが、以上見てきたように、「死」とそれへの対応は、初期作品を貫流している大きなテーマの一つである。

十八　女性たちと恋愛

宮本輝の初期作品には様々な女性たちが描かれ、その多くは男たちと恋愛や性で絡んでいる。彼女らがどのように生き、どういう恋愛をしているのかを、女性たちが活躍する作品―「泥の川」・「蛍川」・「道頓堀川」・「幻の光」・「夜桜」・「こうもり」・「西瓜トラック」・「不良馬場」・「錦繍」―から考察する。そして、初期作品での女性たちの生き方や恋愛の特色を考える。

一　「泥の河」

「泥の河」の主人公・信雄は少年（八歳）なので、彼の恋愛が描かれることはないが、作品には友人・喜一の姉の銀子と母が登場する。注目したいのは、喜一の母である。彼女は売春によって金を稼いでいて、信雄の目から次のように描写される。

櫛目のきれいに通った艶やかな髪の毛をぎゅっとうしろにひっつめた、貞子よりもずっと若い女が、畳んで重ねあげた蒲団に凭れかかって信雄を見つめていた。（45）

部屋の中にそこはかとなく漂っている、この不思議な匂いは、霧状の汗とともに母親の体から忍び出る疲れたそれでいてなまめいた女の匂いに違いなかった。（47）

信雄は彼女を「美しい」と感じ、その容貌や「匂い」に刺戟され惹きつけられる。そんな信雄が彼女の売春行為をのぞき見たのは、天神祭の夜、喜一が蟹を燃やしたときであった。信雄は火のついた蟹を追いかけて、「何気なく母親の部屋の窓から中を覗」(68)き込む。

闇の底に母親の顔があった。(中略)信雄は目を凝らして、母親の顔を見つめた。糸のように細い目が、まばたきもせず信雄を見つめ返していた。(68)

母親の「まばたきもせず信雄を見つめ返」す「糸のように細い目」は、彼にとって衝撃であった。彼は「全身がざあっと粟立」ち、「大声で泣き出」す。母親の行為(売春)が理解できずとも、その場の異様な雰囲気に耐えられなかったのだろう。

その後、喜一と銀子は姿を見せず、一家の舟は河の上流に去っていく。母親の売春を見られたことが別れの一因であろう。

信雄は喜一の母親に性的に惹かれるが、八歳の彼は実際の「性」にはたじろいでしまう。

二 「蛍川」

「蛍川」に登場する女性としては、竜夫の母(千代)と同級生・英子がいる。千代の恋愛も捨てがたいが、最終場面で輝く英子を中心に見ていく。

竜夫と英子は小学生までは仲良しであったが、中学に入ってからは「急に口もきかなくな」(84)り、竜夫は秘かに彼女を性欲の対象としていた。そして、友人の関根圭太も英子が好きで、ライバル心もあり、竜夫の英子への思いは深まる。

蛍狩りの日が近づき、竜夫が英子の家に行くと、英子は、「小学生のころのあの親しさを漂わせてい」(133)て、

「ひどくおとなびて」見える。

蛍狩りの当日、英子が竜夫の家に来る。彼女は白い肌を持ち、「別嬪」で成熟の途上にある。竜夫は彼女の「女らしさ」に「気後れしてしま」うが、千代は「英子のすっかり娘らしくなった胸や腰を見ている」と、「そこに何かしら恐ろしいものを嗅ぐような気がして目をそらしてしま」（139）う。英子が男たちの思慕や欲望の対象となること、そして、英子の性の存在があろう。

その後、一行は蛍狩りに出かけ、ようやく蛍の大群と出会い、その壮大な交尾故に性的な面でも刺戟される。年寄りの銀蔵ですら「熱にうかされているように、心なしか喘いでいた」（143）。若い二人はより影響を受ける。竜夫は蛍の群れに近づこうとして、英子は彼のベルトを掴み止めようとするが、竜夫は進み、英子は彼に付いていく。竜夫たちは、蛍たちの生命の動き——交尾——と共振し始め、「彼は体を熱くさせたまま英子の匂いを嗅いでいた。」（144）

彼らは性的に興奮する。そこに一陣の強風が蛍の光をまきあげ、「波しぶきのように二人に降り注」（144）ぐ。

半泣きになって英子はスカートの裾を両手でもちあげた。そしてぱたぱたとあおった。

「あっち向いとってェ」

夥しい光の粒が一斉にまとわりついて、それが胸元やスカートの裾から中に押し寄せてくるのだった。白い肌が光りながらぼっと浮かびあがった。（144）

英子は「何万何十万もの蛍たち」にまとわりつかれ、彼女の「体の奥深くから絶え間なく生み出されている」（144）ように竜夫は思う。それは肉体の一種の浄化でもあり、性の発現でもあろう。しかしそれは、かつて千代が悪阻で吐き続け、「気味悪うに蒼光り」（81）している姿をも連想させる。

この作品では、竜夫は英子に恋愛感情を持ち、性の対象とする。英子は女として成熟の過程にあり、最終場面で妖しく輝く。竜夫は英子を介して、大人の世界（性の世界）へと近づき、英子は竜夫を導く存在となろう。

注
「蛍川」の初稿は、「思春期の性のめざめと父殺しが結合した、異常な少年の物語」（渡辺善雄氏）であった。が、その後、「さらりとしたものに改められ、竜夫の異常な感覚も消され」（渡辺善雄氏）た。つまり、「異常な少年の物語」から「さらりとした」少年の物語になったのが、現在の「蛍川」である。（例えば、初稿では最終場面で、二人の身体的接触が描かれていた。）
（渡辺善雄「『蛍川』の生成　父の発見」『〈新しい作品論へ〉、〈新しい教材論へ〉6』右文書院　1999・7）

三「道頓堀川」

「道頓堀川」に、注目すべき女性は何人もいるが、愛憎の深さから武内の妻・鈴子を取り上げる。

武内は、昭和二十一年に鈴子と会う。彼は鈴子の「純情そう」だが「肉づきのいい体」に惹かれ、「酸いも甘いも知り抜いている女のあざとい媚び」（二・181）を感じる。

やがて彼は鈴子と関係を持ち、その体に耽溺するが、彼女は「いっこも、気持ええことあらへんかった」と、性的不満を漏らし、「うち、もっと気持のええ思いがしてみたいねん」（二・185）と言う。鈴子の持つ快楽への願望や性の深みとともに、武内の「寂しい、どこにも逃げ場のない孤独感」（二・185）が描かれる。

二年後、二人の前に絵描きの杉山が現れ、鈴子は息子の政夫を連れて杉山と出奔する。その後、鈴子は杉山との生活に窮して、武内のもとに帰ってくる。

鈴子はやつれていたが、美しくなっていた。武内にははっきりそう思えた。絶望感が、体中を包み込んできた。

（二・203）

武内は鈴子を非難する。それに対して、鈴子は次のように言う。

「うち、死にたいねん。……あんた、うちを、殺してェな」

武内は無意識に立ちあがった、よし、殺してやると胸の内でつぶやきながら、

「あんな男のどこがええんや」と訊いた。口がしびれたみたいになっていた。鈴子の目が、立ちあがった武内の顔を追って、強い光を帯びた。

「好きになってん。…うち、気が変になるくらい、好きになってしもてん」（二・204）

女に去られた男の怒りや絶望と、女の深い愛情（情念）が語られている。

後に、二人は夫婦として日々を送るが、鈴子は、武内の暴力が原因の病気で死んでしまう。武内は彼女を死なせたことを悔い、彼女の心情―杉山への愛を、「身も心も焦げる思い」で「押し殺していた」（四・251）こと―を知り、「かつてない思いで、鈴子を愛しく不憫に感じ」（四・252）る。が、「鈴子の弾力に富んだ白い体を心に描いた」とき、「煮えたぎるような憎しみを、その愛しい今は亡きひとりの女に向けていた」（十一・342）のである。

「道頓堀川」には、性（肉体）によって結ばれた男女の愛情と憎しみが描かれている。

四　「幻の光」

前夫の「あんた」がゆみ子の前に登場したのは、彼女が小学六年生の時であった。ゆみ子たちは「子供のころから仲の良」（一・32）い二人で、中学校を卒業後、親密な関係になる。ゆみ子の「あんた」への愛情は一貫している。

あんたの口から、わたしを好きやという言葉を聞いたとき、わたしはどんなに嬉しかったことやろ。生まれてこのかた、あとにもさきにも、あんなに嬉しかったことはありませんでした。（三・53）

やがて付き合うようになって、「あんた」が指摘するそばかすから、「ほんとは煩わしいてたまらんくせに、あんたの指にあわせてるうちにその気になってくる自分の女の部分を、まだ一緒になるまえから言い当てられてたんやと、わたしは思い込んでたの」（一・32）だった。彼女にとって性は所与のもので、煩わしさ（寂しさ）と快感が共存している。

そして、彼女が他の人と違うのは、前夫の死の場面の想像である。「雨あがりの線路の上をとぼとぼ歩いてるあんたのうしろ姿が、もうまざまざと映りつづけ」（二・38）るように、彼女にとっては、現実と想像が同じ重みを持っている。

だが、前夫は何も語らない。「どれほど力いっぱい抱きしめても、応じ返してはくれへん」し、「何を訊かれても、どんな言葉をなげかけられても、決して振り返らへん」（四・61）のである。

しかし、そんな前夫の不幸の実感が、彼女の愛情を増加させる。しかも、前夫の死が哀しみであると同時に、生きる支えであったことを、彼女は知る。

最終場面で、ゆみ子は前夫に次のように語りかける。

ああ、やっぱりこうやってあんたと話し込んでると気持がええ。話し始めると、ときおり体のどこかに、きゅうんと熱っぽい痛みが湧いてきて、気持がええのです。（六・77）

彼女は、痛みと快感を実感して、自分から去った死者を想い、ともに生きている。彼女は、性よりも深い情念の中で、前夫と繋がっている。

五　「夜桜」

「夜桜」は、綾子の過去と現在の物語である。

二十数年前の彼女の離婚は、夫・裕三の浮気の現場を見たことによる。後年には、夫の浮気を許してやれば良かったと思い、自分のことを、苦労知らずの「お嬢さん」で「ねんね」（14）だったと思う。

そんな彼女も、久しぶりで会った元夫・裕三の前で泣く。息子の修一の死が彼女を孤独にし、「さめざめと男の前で泣ける女」（14）にしてしまったのである。

裕三が帰った後、見知らぬ若者が訪れ、「きょうひと晩だけ二階の部屋貸して」（16）ほしいと頼まれ、「青年とは随分昔から知り合いだったような気がして、綾子は久しぶりに楽しい気分にな」（19）り、承知する。

青年は八時すぎに、若い女をつれてやって来た。綾子は怒りを感じたが「仕方なく門の錠をトろし」、「自分の部屋に戻」り、「複雑な気持が鎮まってきてから」（22）、風呂に入る。

実は、彼女は更年期で、自分が女でなくなっていくことに、「不安と焦燥」（21）を感じていた。綾子は風呂の中で、かつての自分たち（綾子と裕三）を思い出し、現在の自分が二十数年前の自分に、そして、二階の新婚の男女に重なっていく。

だが、風呂から出ると、彼女は「心中」でないかと疑い、二階に行き二人の会話を聞き、「取り越し苦労だったことがわか」（24）る。

安心して「綾子はまたそっと階段を降り」、「自分の部屋の明かりを消し」、満開の夜桜を「縁側に坐り長い間眺め」（25）る。

かつてこんなに息を凝らして眺め入ったことはなかった。膨れあがった薄桃色の巨大な綿花が、青い光にふちどられて宙に浮いているように見えた。ぽろぽろ、ぽろぽろ減っていくなまめかしい生きものにも思えるのだった。(25)

桜の花しぐれが彼女を酔わせ、二階の「二人の体臭までが、はっきりと嗅ぎ取れるような気」がする。彼女は、新婚夫婦の生(性)の営みに近づく。

さまざまな思いがよぎり、その中にふっと見えるものがあった。(中略)いったい何がこれなのか綾子にもしかとはわかりかねていたが、彼女はいまなら、どんな女にもなれそうな気がした。(25)

不思議な夜の桜の力で、彼女の「淋しさ」は一瞬でも忘れられ、変身の可能性を実感する。ただし、それは綾子が夜桜を見ているときだけである。

綾子は新婚夫婦に影響され、「性」を介在して、(すべての)「女」になれると思う。「夜桜」には、「女」の持つ不思議さや可能性が表されている。

六 「こうもり」

「こうもり」には、二組の男女―ランドウ(山田欄堂)と女子高校生、「私」と洋子―の恋愛が描かれる。

かつて「私」とランドウは、女子高校生に会うためにバスに乗り、「大阪の西端を南に下っていった」(114)。「私」はランドウに「あの娘に逢うて、それでどないするねん」と聞く。ランドウは、「あれをしたいんや」(116)と言う。「私はランドウの青ざめた顔を驚いて見やった」。彼は「血の気が引いて、心なしか目も吊りあがってい」て、「目はねっとりとかすんでさえいた」(118)。ランドウには恋愛の喜びよりも、恐れが強い。

やがて、目ざす相手の家にたどり着き、出てきた娘は、「こんにちはと呟いて」、「笑った」が、「顔のどこかに、かすかなおびえと羞恥」（120）があった。

その後、二人は堤防の彼方に消え、「私」はランドウの手製のドスで電柱を削っていた。

しばらくしてランドウが現れ、「白い凍ったような顔をして、額に汗をか」き、「私」にもうちょっと待つように頼み、「小走りで堤防のところに戻り、いきおいよく飛び越え」る。「表情は死人みたいだったが、身のこなしには、抑えきれない歓びを隠し持っていた」（122）。ランドウの持つ死と歓び、高校生としてはいささか異常な恋愛である。そして、彼らの恋愛を彩るのが、上空のこうもりの乱舞である。

こうもりの「醜悪な踊り」（122）に、「慄然たる思い」になった「私」は、ドスでランドウの鞄を「何度も何度も切り刻み」、その場を去る。ランドウ、および彼の恋愛のその後は、「私」には不明である。

作中でのもう一つの恋愛は、「私」と洋子との不倫である。彼女が京都に行こう（情事の誘い）と言うとき、彼女の「白目の部分は、いつも青味がかっている」（106）。彼女に応じて、「私」も彼女の裸を想像するように欲情する。

京都の旅館での情事の後、「私」は洋子にランドウの死を語ると、戸外のざわめきが押し寄せ、「暗い鉄さび色の空と、無数のこうもりが、私の心の奥にうごめいて」（124）くる。

このうごめきは、女性たちにもある。ランドウの彼女の「おびえているような、羞恥を押し包んでいるような」「表情」が、「京都へ行きたいとねだるときの、洋子の顔つきと共通」（124）しているのである。つまり、女たちには羞恥と情欲が共存している。

その後、「私」と洋子は詩仙堂に行き、「私」は門前で彼女の帰りを待ち、「薄闇にどんより浮かびあがった土壁の向こうをうかが」う。そこでは落ち葉が「激しく舞ってい」て、「晩秋の、夕暮に飛び交う落葉は、十何年前の、こうもりそのものであった。」そのとき、「私の体の中から、（中略）なよなよともつれあうようにして、こうもりたちが噴き出て」（125）くる。かくの如きこうもりの幻想は、「私」たちの恋愛や「私」に暗いものを投げかけている。

この作品では、死者やこうもりの「ざわめき」があるように、性の快感とともにおびえがある。つまり、彼らの恋愛には死が潜んでいる感があり、「夜桜」のような生（性）の可能性よりも、死が性と接近している。

注
「こうもり」の本文の引用は全集ではなく、単行本『幻の光』（新潮社　１９７９・７）による。全集では削除が多く、洋子に関する文章はない。

七　「西瓜トラック」

「西瓜トラック」には、西瓜売りの男の不倫相手の女が登場する。

語り手の「ぼく」は、高校二年生のときに、舞鶴から来た西瓜売りの男と出会い、仕事を手伝う。二人は朝から西瓜を売っていたが、男は、昼から向かいのアパートの二階の部屋に行き、三時頃帰ってきて、下半身をバケツの水で洗う。翌日も次の日も、男は昼食を済ませると、アパートの一室に消えて行った。西瓜は売れていったが、「男は日がたつにつれて不機嫌になっていった」（186）。

「男と知り合って五日目」に、「ぼく」は西瓜を買いに来た女と会う。女のささやく声と表情は、「なぜかひどく力のないやつれたもののように響」き、「ぼく」は、「自分の視線を気づかれないようにしながら、いつまでも女の顔を盗み見」(186)る。

女は痩せていて色が白かった。胸も尻も肉が薄く、ふくらはぎにはたくさん青い血管が浮き出ていた。(186)

彼女は美人で性的魅力があった。男は「ぼく」に、女との情事を語る。

「亭主より、俺のほうがええそうや」「まい日まい日、俺の来るのを待っとって、抱きついて泣きよるんや」「……のたうちまわって泣きよるわ」

男は低い声で、怒ったようにつぶやいた。(187)

男は、女との不倫(性交)を毎日行うが、心情的に満足していない。彼らの恋愛(性交)には、彼の性器が「ふやけて、しかも爛れて」(184)とあるように、「爛れ」たイメージがある。

西瓜を売り切った後、男は「ぼく」と急いで別れる。その後「ぼく」は自転車で家路を急ぐが、「股間のもの」を「冷たい濡れタオルで包んで拭いてみたかった」(189)と思う。これは性交後の男の行為である。「ぼく」が女に欲情していた証拠であり、女を挟んで男と「ぼく」がいる。

その後、「ぼく」は女の「ときおり物干し場で洗濯物を干している姿」を見る。だが、「ぼくには何となく、あいつとあの女が、もうまったくあれっきりになってしまったような気が」(190)している。

作品は、次の文章で閉じられる。

田圃の向こうで、潮鳴りみたいに風が巻き、女の部屋にだけ明かりが灯って、夜の海の沖合の、たったひとつきりの漁火に見えた。(190)

「ぼく」にとって、女は漁火のような存在であり、「ぼく」は女に性欲を持ち続けるが、女に近づかない。女は、「漁火」のように闇の中で輝いているのである。

「西瓜トラック」は、男たちの女に対する欲望と、女の性的快感が描かれている。そして、性のみでは成立しない男女の（恋愛）関係が暗示されている。

八　「不良馬場」

「不良馬場」の女は、寺井隆志の妻・佑子である。彼女の不倫の相手は、寺井の同僚・花岡である。

花岡は一年前に、「国電のホームで、佑子とまったく偶然に出くわし」（131）、佑子の態度から、「多少の危険の伴う軽いゲームに足を突っ込んでみる気にな（132）」り、不倫関係になる。花岡にとって、それは愛情というよりも性欲によるものが強い。

いちどそうした関係ができたあとの、佑子の何もかも捨鉢になってしまった崩れ萎えていくように柔らかい、ぐにゃぐにゃの烈しい体を、花岡は容易にあきらめることが出来なかったのであった。（125）

花岡と佑子は欲望の中にいるが、花岡の海外転勤によって、「にっちもさっちも行かない」「暗い一年間」（125）が終わる。佑子も「ほっとしたもの」を表情に浮かべる。そこには佑子たちの罪悪感とともに、狡さがあろう。

だが花岡は、佑子との不倫を思い出すと、「しばしば抑えようのない欲情」（126）を持つ。見舞いに行った病院で、寺井と一緒にいるときですら、「佑子の体の感触が、花岡の皮膚の上を這っていた」（122）のである。ここには、性に翻弄される男の姿がある。

夫の寺井は佑子との電話で、彼女の「身辺にかすかな異変を感じ取」（138）っているが、妻を追求しない。それが彼の優しさであり、弱さであろう。

作中では、男女の内的葛藤が深まることはなく、寺井が患者たちに感じる強い絆と比べると、佑子たちの恋愛は欲望中心であり、そして、夫婦間の愛情も、「北病棟」の栗山夫婦と比べると強くはないだろう。ただ、佑子は不倫して性的快感を得ているが、夫婦関係を壊す気はない。そういう点では「西瓜トラック」の女や「こうもり」の洋子に近い。

九　「錦繍」

「錦繍」に登場する女性として由加子・亜紀・令子がいるが、由加子に絞って見ていく。

有馬は中学二年生のとき両親を亡くし、住み慣れた大阪から東舞鶴にやって来て、由加子と会う。彼は、由加子の華やかな美しさと隠微な噂話に心を動かし、東舞鶴と同じ「不思議な暗さ」(44)に惹かれる。十一月のある日、彼女につきまとっていた男の船に乗り、有馬は男によって海に投げ込まれ、由加子もセーラー服のまま、海に飛び込む。

ずぶ濡れになった二人は彼女の家に行き、親密な雰囲気となる。由加子は「以前から少し好きだったけれど、きょう本当に好きになってしまっ」たと告白し、「頬をすり寄せ、唇を這わせ」(44)る。有馬は後年、「十四歳にして何のためらいもなく男にそのようにふるまえるということが、瀬尾由加子という人間の持っていたひとつの業であった」(44)と思う。ここには、由加子の恋心と性の発動がある。しかし、父親の登場により、由加子の「顔をすり寄せて甘い言葉を囁きかけていた際の匂うような女らしさ」は消えて、「父親に甘えかかるまだ娘とも言えない幼さ」(45)に変わる。この「女らしさ」と「幼さ」の共存に、彼女の特徴がある。

十数年後、有馬は由加子と再会する。そのときの彼女は「意外なほど清純な容姿」(50)であった。(その後のクラブ勤めのときも、有馬以外に男はいないようである。)おそらく、それは由加子の有馬への愛情の強さや、「誰にもない独特のいじらしさ」(103)によるのだろう。次の引用文は、有馬が由加子に別れを告げる場面のものである。

ずっとずっと昔から、由加子は可哀そうな娘だったような気がしたのです。由加子は美しく、誰にもない独特のいじらしさを持った女でしたが、それが由加子を不幸にしていると思えて来ました。(103)

美しさと「由加子を不幸にしている」いじらしさの共存。考えてみるに、彼女の持つ暗さは、このいじらしさと近いのではないか。美しさとともにある暗さが、有馬を惹きつけている。

しかし、有馬は彼女を幸福にしない。有馬が由加子を最も愛したのは、彼が孤独だった中二の時なのであり、そのときの由加子への思いは、「誰人も立ち入ることの出来ない烈しい秘密めいた愛情」であり、再会以後は「どろどろとした肉欲だけがうごめいていた」(51)と説明される。

心中の夜、由加子は「いっつも帰ってしまうのよね。いっつも、自分の家庭に帰ってしまう。私のところに帰って来ることなんて、絶対にあらへん……」(102)と嘆く。彼女は自分の不幸を実感している。そして、これ以上の不幸に耐えられないのだろう。だから、有馬の「もう二度とお前の前に姿を出さない」(103)という言葉に、無理心中を決行したのかもしれない。

しかし注意したいのは、由加子が被害者だけではないことである。有馬は由加子について、次のようにも思う。

由加子という女は、いったいどういう人間だったのだろう。そしてなぜ自分の首をナイフで切ったのだろう。もしかしたら、俺は由加子を、あの鼠のように扱ったのではなかったか。いや、あるいは由加子こそ、いまの猫そのものではなかったか。(100)

作中では明らかにならないが、由加子は鼠(被害者)であると同時に、猫(加害者)でもあった。彼女は有馬を愛しながらも、死をもたらすのである。

だが、そういう由加子を有馬は忘れられない。十年ぶりに訪れた「清乃家」で、有馬は「由加子がうつ伏せて死んでいる姿を目の前に見ながら、そんな妄想とも現実ともつかない思いにひたっていた」(163)のである。由加子は死後も、有馬の罪悪感とともに愛情の中にいる。それは、彼女の愛情や死の反映でもあろう。

十　まとめ

「錦繍」以前の女たちの多くは、男たちを性や美で惹きつけ関係する。そして、彼女らやその恋愛に、男たちは欲望を持つものの、「道頓堀川」の武内や「こうもり」のランドウのように、孤独や死を感じる場合がある。対して、性を引きずりながらも越えていくのは、「幻の光」のゆみ子のように想像の中で相手を再現したり、「夜桜」の綾子のように「女」そのものになるときである。そして、「錦繍」の由加子は時を超えて、有馬の中に「愛する者」として存在し続ける。(有馬も死んだ彼女を愛している。)「錦繍」は性や時、そして死を越えて、愛する女を創造し得たと言えるだろう。

以上のように、初期作品には様々な女性が登場し、美や性、そして、死で男たちを惹きつけ、恋愛を展開している。「死」と並んで、「女」や「恋愛」は、初期作品の大きなテーマの一つである。

十九　まとめ

以上見てきたように、初期作品の多くは人物造形や語りのうまさ、テーマ（生や死など）への迫真性などによって、読みごたえがあるものになっている。

また、初期作品の内容についてまとめて言えば、「川三部作」で描かれた「生・性・死」のテーマに、「宿命」や「祈り」などが加わってくる。即ち、作中の生や死の追求に加えて、「幻の光」あたりから主人公の深い（複雑な）情念が登場し、「星々の悲しみ」を経て「錦繍」で、主人公たちの「宿命」に「祈り」が加わっていく。それらは主人公の悲しみや喜びを深化させ、作品により深い叙情性や思索をもたらしている。

ただ、「序」でも触れたが、「悪」の不在や現実を美化する傾向[1]が初期作品にはあり、永吉雅夫氏が言うように、予定調和的なものになる危険性[2]がある。しかし、成功した作品ではその危険性から脱していて、例えば「幻の光」では、自己の弱さや空しさの実感があるとしても、ゆみ子が死者である前夫の幻を見ること、そして彼女の不幸や痛みの実感などで、また「錦繍」では、有馬と亜紀が過去・現在の自己を認識していき、それぞれが再生の人生を歩んでいくことで、予定調和的な図式を越えている。

次に、初期作品と１９８２年から１９８５年頃の作品と、続いて、（初期作品と）１９８６年から１９８９年頃までの作品とを、簡単に比較してみる。

まずは、１９８２年から１９８５年の作品（「夢見通りの人々」（「小説新潮」１９８２～１９８５）・「避暑地の猫」（「ＩＮ

★ＰＯＣＫＥＴ」１９８３〜１９８４）・「優駿」（「新潮」１９８２〜１９８６））との比較である。

宮本の「悪の不在」の自覚や、「ワイオミング・オハイオ」（アンダースン）に描かれた人間の「グロテスク」さに影響されて、１９８２年から「夢見通りの人々」（１９８２〜１９８５）が連載される。即ち、宮本は、時計店の吝嗇な親子や淫蕩な肉屋の兄弟などを造形して、人間の醜さを作品に描いていく。だが、「夢見通り」シリーズの途中から、人間の悪や醜さよりも善意の描写に変わっていく[3]。

また、１９８３年から連載の「避暑地の猫」（１９８３〜１９８４）でも、登場人物たちの悪が描かれているが、彼らの悪も、不倫や殺人はあっても、「悪」としてはそんなに強いものではない。しかも、最終場面では主人公の苦悩も描かれ、彼の「自己解放と自己救済」[4]が語られる。また、同時期の「優駿」（１９８２〜１９８６）にも人間の悪が描かれているが、作品全体としては、主人公たちの「祈りの物語」として評価されている。

以上のように、この時期の作品は悪が描かれるとしても、人間の苦悩や善意、そして祈りがあり、宮本の描きたい（得意な）ものは「悪」ではなく、人間の弱さや愚かさや祈りであろう。翻って考えれば、初期作品はそれ以上に悪が不在であり、人間の弱さや悲しみに寄り添っている。

続いて、昭和六十一（１９８６）年から平成元年（１９８９年）までの作品との比較である。

芝田啓治氏は、宮本の昭和六十年（１９８５年）以前と以降の作品を比べて、昭和六十年以降の作品を次のように批判[5]する。

（前略）昭和六十年以降はストーリーを追う仕立てになっており、作品の中には少々荒いものや、表面だけが流れていくものもある。筋立てに無理があったり、奇想天外な部分も見受けられる。特に、「花の降る午後」、「愉楽の園」、「彗星物語」などは、少々苦しい面がみられる。

昭和五十九（１９８５）年頃を境として、つまり「夢見通りの人々」や「避暑地の猫」を経て、長編小説の連載が増えて、作品内容もより現実的な世界が登場していく。そして、宮本の長編のストーリー重視が、作品によっては、芝田氏の指摘のように、「少々荒いものや、表面だけが流れていくもの」、また、「筋立てに無理があったり、奇想天外な部分」を生じさせたのだろう。それは、「序」で紹介した宮本の言葉―「今、三〇枚で書けるものを三〇〇枚で書いてるもの、みんなね。逆やな、三〇〇枚で書くものを三〇枚に凝縮した時にすばらしいものができるんや。」―とは、逆の現象かもしれない。

短編では、「階段」（「文學界」１９８８）のアルコール中毒の母親や、「暑い道」（「別冊文藝春秋」１９８７）や「チョコレートを盗め」（「文學界」１９８９）の女性たちの造形に美化はないし、「復讐」（「小説新潮」１９８６）では人間（男色家）の悪を描いているし、「紫頭巾」（「新潮」１９８７）や「赤ん坊はいつ来るか」（「中央公論文芸特集」１９８９）では、厳しい現実や生が描かれている。ただし、それらが作品として成功しているかと言えば、作品によってはこの時期の幾つかの長編と同様、「筋立てに無理があったり、奇想天外な部分」があったりして、部分的に良くても全体として訴える力は弱い。

そういったものと比べると、初期作品が持つ主人公たちの（生の）必然性や叙情性が、作品の良さとして再確認される。つまり、初期作品の多くは、主人公やその他の人々の人生に描かれる意義や深さが、そして、作品のテーマに重みがあり、読者を動かす力がある。(6)

以上をまとめて言えば、初期作品の登場人物たちの（空しさや弱さを含む）設定や人間関係、そして、心情の緊迫さ（愛憎の激しさ）が、死と生（性）の追求となり、深い情念（例えば、「幻の光」や「錦繍」での哀しみと歓び）を生じさせている。そして、「錦繍」の主人公たちに見られる如き「祈り」が、作品に結晶度の高さとカタルシスをもたらしている。(7)

これらが初期作品の持つ特色であり、魅力である。

注

（1）この点については、宮本の後の作品と比較すると分かりやすい。例えば、「力」で描かれる母親像は優しく美しいが、後の作品「階段」（1988）に描かれるアルコール中毒の母親像には、目を背かせるものがある。また、「蛍川」や「錦繍」で描かれる美少女たちは、「暑い道」（1987）や「チョコレートを盗め」（1989）で違う姿―性に押し流される姿―を見せていて、美しいとは言い難い。

（2）永吉雅夫「『幻の光』から宮本輝論へ―従属的悲劇の主題化―」（「追手門学院大学国際教養学部紀要」3　2009・1）

（3）「夢見通りの人々」については、次の拙稿を参照されたい。

「宮本輝『夢見通りの人々』―物語の始まり―」（『安田女子大学紀要』45　2017・2）

（4）安藤始『宿命と永遠―宮本輝の物語―』（おうふう　2003・10）

（5）芝田啓治『おいてけぼり―宮本輝論―』（近代文芸社　1996・10）

（6）弱い作品としては、「序」で示した分類④の「寝台車」や「力」である。

（7）女性が主人公で、かつ、死の色合いの深い作品が、初期作品の高みを示すものと言っていいだろう。「序」の分類で言えば、③の「幻の光」・「錦繍」である。

初出論文

宮本輝『泥の河』論―「贈り物」としての物語―」（『国語国文論集』42　２０１２・１）
「宮本輝『蛍川』論」（『安田女子大学紀要』41　２０１３・２）
「宮本輝『道頓堀川』論―道頓堀の影響および武内と鈴子の物語―」（『安田女子大学紀要』40　２０１２・２）
「宮本輝『夜桜』論」（『国語国文論集』45　２０１５・１）
「宮本輝『こうもり』論」（『安田女子大学紀要』43　２０１５・２）
「宮本輝『西瓜トラック』論」（『安田女子大学大学院紀要』22　２０１７・３）
「宮本輝『不良馬場』論」（『国語国文論集』46　２０１６・１）
「宮本輝『星々の悲しみ』論―死と祈り―」（『国語国文論集』43　２０１３・１）
「宮本輝『北病棟』論」（『国語国文論集』47　２０１７・１）
「宮本輝『五千回の生死』論―「俺」と奇妙な男の物語―」（『国語国文論集』44　２０１４・１）
「宮本輝『幻の光』論―〈幻の光〉を見る女―」（『安田女子大学紀要』42　２０１４・２）
「宮本輝『錦繍』論―有馬を中心にして―」（『安田女子大学紀要』38　２０１０・２）
「宮本輝『錦繍』論―宿命・業を中心にして―」（『安田女子大学紀要』39　２０１１・２）
「宮本輝『寝台車』論」（『安田女子大学紀要』44　２０１５・11）

※　ただし、初出論文に多くの改訂を加え、該当の章は論述している。

あとがき

本書は、初出一覧にあるように、過去の既発表の論文に手を加えたものと、新たに書いたものとを併せてまとめたものである。

宮本輝の小説を読み始めたのは、三十年も以上も前からであり、勤務校の授業でテキストとして取り上げたのは、十年以上も前からである。宮本輝の小説は文章もうまく、内容もすぐれ、読みごたえがある。現代作家の中では、もっと評価されてもいい作家だと思っている。

本書は、初期作品に限ってはいるが、宮本文学の特徴や良さ、そして、その魅力を追求したものである。どこまでそれができたかは心許ないが、作品研究の一つのまとめとしたい。その際、多くの研究者の方々のご教示が研究の指針となった。記して感謝したい。

出版に際して、勤務先の安田女子大学から出版助成を受けることができた。謹んで謝意を表したい。また、溪水社の木村逸司氏と木村斉子氏のお世話になった。お礼申し上げる。

平成二十九年九月

藤村　猛

著　者

藤村　猛（ふじむら　たけし）

昭和31年　山口県に生まれる
55年　広島大学文学部卒業
57年　広島大学大学院国文学専攻修了
59年　安田女子大学文学部講師
平成３年　同助教授
13年　同教授

宮本輝作品研究
―その出発と展開―

平成29年９月15日　　発　行

著　者　藤村　猛

発行所　株式会社　溪水社
広島市中区小町１－４（〒730-0041）
電　話　（082）246-7909
ＦＡＸ　（082）246-7876
E-mail:info@keisui.co.jp

ISBN978-4-86327-405-1　C3095